JN056503

転換期を読む30

［新版］

立原道造——抒情の逆説

郷原 宏◆著
細見和之◆解説

未來社

目次

装幀——伊勢功治

〔新版〕立原道造

——抒情の逆説

本書は花神社から一九八〇年に刊行された『立原道造――抒情の逆説』をもとに加筆と増補をおこなった新版である。

序　章　「中間者」の光と影——立原道造の位置

人と詩との出会いには、どこか交通事故に似たところがある。それはある日突然にやってきてわれわれの魂に衝突し、その後の詩と人生に決定的な影響を与える。この影響のはげしさにくらべれば、いわゆる人生経験や知識は物の数ではない。

私と立原道造の出会いは、まさにそのようなものであった。青年前期の夢みがちな心象のなかで起きたこの抒情的衝突のショックは、それから二十年近い時の流れのなかで次第に風化し稀薄化したけれども、いまなお私の心に鮮やかな痕跡をとどめている。少なくとも立原道造がいなければ私は詩を書かなかったし、言葉の問題でこれほど苦しむこともなかった。

その意味で、立原道造を語ることはそのまま私の貧しい詩的個人史を語ることに等しいといっていいのだが、ここで語りたいのは、もとよりそうした個人的なことがらではない。そうではなく、立原道造という一個のマイナーポエットが多くの人々の魂に衝突しておびただしい抒情の火花を発するとき、その抒情の核心にあるものは何か、何がそれを抒情詩としてわれわれに感受させるのかという問題について、いささか原理的に考えてみたいのである。その意味でなら、立原道造について語ることは疑いもなく日本の抒情詩について語ることである。

立原道造は、愛されることの多いわりに、理解されることの少ない詩人である。人々は詩人を理解するまえにその詩を愛し、その詩を理解しないうちに詩人と訣別する。この出会いと別れは、ちょうど彼の短い生涯に対応しているといっていいが、理解されずに愛されることは果たして詩人の罪なのであろうか。

1

立原道造の詩を読むたびに、私はきまってトオマス・マンの『トニオ・クレエゲル』の一節を想い出す。それは詩人クレエゲルが閨秀画家リザヴェタ・イワノヴナの画室を訪れて次のような会話をかわす場面である。

つまりこういうわけですよ、リザヴェタさん。——感情というものは、暖かな誠実な感情は、いつも陳腐で役に立たないもので、芸術的なのはただ、吾々のそこなわれた、吾々の技芸的な神経組織が感じる焦躁と冷たい忘我だけなのです。吾々は超人間的でまた非人間的な所がなければ、人間的なことに対して妙に遠い没交渉な関係に立っていなければ、その人間的なことを演じたりもてあそんだり、効果を以て趣味を以て表現したりすることはできもしないし、またてんからそんなことをして見る気にさえもならないわけです。文体や形式や表現なんぞの天分というものがすでに、人間的なことに対するこの冷やかな贅沢な関係を、いや、ある人間的な貧しさと寂寥とを前提としています。何しろ健全な強壮な感情というものは、なんと云っても無趣味なものですからね。芸術家は人間になったら、そして感じ始めたら、忽ちもうおしまいだ。

（実吉捷郎訳）

トニオ・クレエゲルは作者自身だという有名な公理にしたがえば、ここにはトオマス・マンの芸術論の精髄が語られている。この芸術論はしかし、見かけほど単純なものではない。ここでクレエゲルに「芸術家は人間になったらおしまいだ」と語らせているのは作者自身だが、作者はもとより主人公であるクレエゲルも、決してそれを信じているわけではないからである。その証拠に、クレエゲルは後段でリザヴェタに「あなたはそこに坐っていらっしゃるままで、なんの事はない、一人の俗人なんです」と指摘されると、「ありがとうリザヴェタ・イワノヴナさん。これで僕は安心して家に帰れます。僕は片付けられてしまったのですから」とこたえている。

しかし、そうかといって、これは単なる逆説的芸術論といった類のものではない。芸術とは存在的な欠損の技芸的なあらわれにすぎないと感じている主人公の焦躁が「そういうあなたも立派な俗人じゃないの」というような一片の忠告によって片がつくはずはないからである。しかもやっかいなことに、リザヴェタをしてかく語らしめたものもまた、作者トオマス・マンにほかならないのである。

このようにみてくれば、作者がここで何をいいたかったかは自ずから明らかである。文体や形式や表現などの天分というものがすでに、ある人間的な貧しさと寂寥とを前提にしていると書いたとき、トオマス・マンはいささかも芸術家の立場を正当化しようとはしていない。また、強壮な感情はなんといっても無趣味なものだと書いているからといって、彼が強壮な感情そのものを否定しているのだと考えてはならない。事情はむしろ逆である。

トオマス・マンはここで、文体や形式や表現の才能などというものは、人間的な誠実さや強壮な感情にくらべればほとんど取るにたりないものだといっている。取るにたりないものであることを知っていながらもなお、それに頼るしか生きるすべのない人間がこの世には存在するのだ、といっているのである。つまり、トオマス・マンはここで芸術家の生の二重性について、現実と芸術から二重に疎外されざるをえない芸術家のディレンマについて語っているので、私たちはこれを甘やかな青春小説と読みあやまってはならないのである。

芸術および芸術家の存在理由について、これほど厳密に省察し、そこから生じるさまざまな人間的な苦悩を、これほど率直に吐露した文学は他に例を見ない。その意味で、わが国の近代文学史は、人間的な苦悩や告白には事欠かぬとしても、芸術論的な省察の面では、ついに一人のトオマス・マンをも持つことがなかったといわねばならない。

しかし、この省察には決定的に何かが欠けている。それが何かを正確に指摘するのは容易ではないが、トニオ・クレエゲルの独白についていえば、芸術家に対応すべき生活者のイメージが稀薄なのである。つまり、ここには芸術家はいるが、生活者は一人もいない。このことは、クレエゲルの批判者であるリザヴェタ・イワノヴナが、詩人ではないまでも画家であることをとってみれば明らかである。

『カラマーゾフの兄弟』のなかのあの有名なセリフ、「もし神がいなければ俺はいったいどんな大尉だというのか」を持ち出してみるまでもなく、もし生活者がいなければ人はいったいどうして詩人であることができるだろうか。生活のなかに対応を持たない芸術は、たとえどんなに深い苦渋に彩られていようとも、しょせん芸術のための芸術であらざるをえないし、そうである限りにおいて、その表現の性格を決定するものは、超人間的でまた非人間的な「天分」であるほかはないのである。そしてそれが要するに技芸的な「天分」の問題にすぎない以上、そこに描き出された苦悩は、どうしても芸術的選良の芸術的詠嘆といったものにならざるをえない。「芸術家は人間になったら、そして感じ始めたら、忽ちもうおしまいだ」という詩人クレエゲルの独白は、そうした芸術家の生の位相の困難さというものを象徴している。

2

トオマス・マンと、トオマス・マン的な物の考え方の強い影響下に詩的な出発をとげた立原道造が、その短い生涯を通じて追い求めたものは、ひとことでいえばこの『トニオ・クレエゲル』の主題にほかならなかった。昭和十三年（一九三八）八月二日、中村真一郎に宛てた手紙のなかで、立原はこう書いている。

僕の生は変転してやまない。何か気まぐれにさへ見えるゲニウスの導きに——そしてひらめいた短い思ひつきは僕を日常の世界でひとつの行為に追ひやる。（中略）そして生きてゐる人、それは永遠の日曜日をあこがれながら、つひに働きつづけることを強ひられてゐる人から、その病ひの位置は思ひやりと非難にみちたまなざしで示される、クヌルプとトニオ・クレーガーの場合のやうに。僕はいまその位置に眠つてゐるのだ。「ここに働かなかつた手がある」としづかにつぶやく夕ぐれを、だれにも告げずに——。（中略）僕が嘗て草の上の丘で得たひとりの友人と日々のをはりに互に告げあつたあのボオドレエルの一行「さらば束の間のわれらが強き夏の日の光よ」を秋の近づくとき、君と語りあふこと、僕にとつてはひとつのくりかへされるこの上ないねがひではなかつたらうか。

「いつも手紙で、僕は君に向つて物を言ふより、僕に向つて言ひ聞かせてゐる」（昭和九年／国友則房宛て書簡）といった立原の手紙の奇妙な性格は、ここでもみごとなまでに一貫していて、これを受けとった中村はさぞ面喰ったに違いないが、それだけに詩人立原道造の精神的な位相の特異さは、いっそう鮮明に映しだされているといってよい。

ここでの立原の表現者としての位相は、トオマス・マンの場合にくらべて、はるかに困難なものである。というより、立原の困難さはトオマス・マンの苦悩をそのまま引き継いだところから生じているといっていいので、『トニオ・クレエゲル』においては辛うじて生活の対極に置かれていた芸術が、ここでは完全にその基盤を奪われてしまっている。「僕の生は変転してやま」ず、その

「変転」をつかさどるものは、もはやあの「人間的なことに対する冷やかな贅沢な関係」ですらなく、「何か気まぐれにさえ見えるゲニウスの導き」にすぎないのである。だから詩人は「これをやはり僕たちの病ひの形式にかんがへなくてはならないだらうか」と自問し、日々の生活を強いられている人からは「その病ひの位置は思ひやりと非難にみちたまなざしで示される」ことを自覚しなければならなかった。

非難されるだけなら、まだしも救いがあったかも知れない。非難のまなざしに対しては、人は身構えることができるし、居直ることも可能である。しかし、それに思いやりが加わったとき、彼は何によって己れを律することができるであろうか。そのとき立原に可能だったのは、おそらく「だれにも告げない」ことを自らの唯一の方法として詩を書くこと、すなわち「病ひの形式」を詩の形式とすること以外にはありえなかった。比喩的にいえば、「さらば束の間のわれらが強き夏の日の光よ」とうたわれた「夏」は、実体としてはもはやどこにも存在せず、ただ詩のなかにしか成立しなかった。くりかえし詩のなかにうたいこめることによってしか、たとえ束の間にせよ、それを獲得するすべはなかったのである。

「のちのおもひに」という作品は、こうした立原の位相の困難さを余すところなく伝えている。

夢はいつもかへつて行つた　山の麓のさびしい村に
水引草に風が立ち
草ひばりのうたひやまない

しづまりかへつた午さがりの林道を

うららかに青い空には陽がてり　火山は眠つてゐた
——そして私は
見て来たものを　島々を　波を　岬を　日光月光を
だれもきいてゐないと知りながら　語りつづけた……

夢は　そのさきには　もうゆかない
なにもかも　忘れ果てようとおもひ
忘れつくしたことさへ　忘れてしまつたときには

夢は　真冬の追憶のうちに凍るであらう
そして　それは戸をあけて　寂寥のなかに
星くづにてらされた道を過ぎ去るであらう

ここで「山の麓のさびしい村」が軽井沢のどのあたりであるとか、「火山」はどの方角から見た浅間山であるとかを詮索することに、おそらくどんな意味もない。詩のなかの風景を現実の風景に対応させれば、それで立原道造を理解しうると考えているらしい研究家たちの楽天主義はうらやましいかぎりだが、それなら彼らは「村」や「火山」だけでなく、「島々」や「波」や「岬」や「日光月光」がどこのどんな島々の波や岬や日光月光であったかも説明しなければならないはずである。

また立原道造の詩集を小脇にかかえて信州の高原を散策することが何かとても詩的なことだと考えているらしい青年たちは、その詩がそもそも何によってあがなわれたものであるかに想到しないかぎり、ついに立原道造を理解することはできないと知るべきである。もとより、この詩のなかの風景が現実の軽井沢の風景によって触発されたものであり、この詩のなかを流れている気分が当時の立原の気分を反映したものであることは疑えないが、だからといって「さびしい村」が追分の集落であり、「私」がそのまま立原道造であるということにはならないはずである。

実体としての「さびしい村」などは、おそらくどこにも存在しなかった。それは立原道造という一人の青年の資質のなかに、いいかえれば彼の詩のなかにしか存在しなかった。詩は丸ごと観念の所産であるというのとは少し違った意味で、それは立原の病んだ観念がつくりあげた幻影の村にほかならなかった。幻影であったからこそ、「夢」はいつもそこへかえっていったのである。だからそのとき彼の詩は、正確に彼の「病ひの形式」であったということができる。

ところで、こうした「病ひ」の世界は、容易には他人に伝えがたいものである。というより、それはむしろ伝達の不可能性の上にのみ成立する世界であるといってよい。したがって彼がなお表現者であろうとするなら、彼はそれを「だれもきいてゐないと知りながら」語りつづけるほかはない。ここで見落としてならないのは、立原が「だれもきいてゐないと知りながら」それでもなお語りつづけるといっているのでもなければ、それだからこそ語るのだといっているのでもないという事実である。それならばまだ少しは救いがあったろう。それでもなおとそれだからこそは、それ自体ひとつの決意表明であり、自己主張でありうる。島崎藤村いらいの近代抒情詩は、こうしたあえかな決意と主張を方法の中心にかかえこむことで独自の世界を展開してきた。

ところが立原道造は、およそあらゆる決意と主張をあらかじめ詩の外側に排除しようとする。いまさらそんなことをいってみてもはじまらない、「私」はただ見てきたものを、誰もきいていないと知りながら語りつづけるだけだ——詩人はそうつぶやいているようにみえる。

これはもはや芸術家の矜持とか蕩児の開き直りといったものではない。それが矜持であるためには、少なくとも対象世界のこちら側に芸術家としての自我が確立されていなければならず、自我の主体性が確立されていて初めてそこに居直ることも可能なのだが、ここで詩人の自我は最初から風景のなかに放棄され、風景とともにたゆたっている。したがってこれは正確にあの「冷たい忘我」の世界であり、詩も夢も「そのさきには　もうゆかない」のである。そして「忘れつくしたことさえ忘れてしまつたときには／夢は　真冬の追憶のうちに凍る」ほかはない。この「真冬の追憶」が、ボオドレエルのあの「夏の日の光」の対極にあることは、あらためていうまでもないだろう。『トニオ・クレエゲル』がトオマス・マンの芸術論の書であるというのと同じ意味で、「のちのおもひに」は立原道造の詩論を語る作品であると私には思われる。

3

恋愛詩についても、ほぼ同じことがいえる。人は立原道造の恋愛詩の背景に二人または三人の女性に対する感情の軌跡を読みとろうとするが、奇妙なことに、実体的な恋愛体験は、その詩のどこにもうたわれてはいない。それどころか、立原が実際に恋愛をしたことがあったかどうかさえ、私にははなはだ疑わしいと思われる。たとえば次のような詩をみるがいい。

ささやかな地異は　そのかたみに
灰を降らした　この村に　ひとしきり
灰はかなしい追憶のやうに　音立てて
樹木の梢に　家々の屋根に　降りしきつた

その夜　月は明かつたが　私はひとと
窓に凭れて語りあつた（その窓からは山の姿が見えた）
部屋の隅々に　峡谷のやうに　光と
よくひびく笑ひ声が溢れてゐた

――人の心を知ることは……人の心とは……
私は　そのひとが蛾を追ふ手つきを　あれは蛾を
把へようとするのだらうか　何かいぶかしかつた

いかな日にみねに灰の煙の立ち初めたか
火の山の物語と……また幾夜さかは　果して夢に
その夜習つたエリーザベトの物語を織つた

（「はじめてのものに」）

多くの実証的な研究によれば、ここで「ひと」と呼ばれているのは、信濃追分の旧家の娘で、立原の歌物語ふうの小説「小さき花の歌」「鮎の歌」「物語」などに出てくる鱵子(さより)、鮎子、アンリエツトなどと同一人物であるとされている。そしてなるほどこの詩には、一人の少女との感情の交歓がかなり具体的にうたわれている。その人が蛾を追う手つきを、あれは蛾をとらえようとするのか、それとも羞らいの表現なのかといぶかしんだというのは、おそらく立原の実体験であったに違いない。少なくともそれに似た体験があったのでなければ、この場面がこれほどのリアリティをもつことはなかっただろう。その点で、山根治枝の「信濃追分の立原さん」という一文は多くの示唆を含んでいる。

「未完成交響曲」は静かに流れて、おりから中空に昇ろうとしている月の光りと相俟って、まことにロマンティックな雰囲気だったにもかかわらず、白い粉をまき散らしつつ、電灯の廻りをグルグル廻っている蛾が、私の側に飛んで来るたびに、手で払いのけるのに忙しく、せっかくの美しい曲も上の空であった。

（角川書店版『立原道造全集』第一巻月報）

しかし、それが果たして通常の意味での恋愛であったかといえば、私は首をかしげざるをえない。はやい話、この詩には自分への愛はうたわれているが、他人への愛はまったくといっていいほどうたわれていない。現にこの詩と同じ場面に遭遇した山根氏も、じっと膝を組んだまま上眼づかいに自分を見るだけで止まったレコードをかけなおそうともしない立原の姿をいぶかしんでいる。おそらくこの青年は、自分の内面の感情とつきあうのに精いっぱいで、とても他人の心をおもいやるほどの気持の余裕がもてなかったのである。それは文字通り「上の空」の青年の姿であったといっていい。昭和十年（一九三五）十一月十二日付け柴岡亥佐雄宛て書簡のなかで、立原はこう書いている。

僕は不吉な哀しい恋をしてゐる。相手の人は fiancé があるのだ、しかし僕らは愛しつくされない位互に愛しあつてゐる。しかも、僕らは果ての日には他人のやうにとほく別れなくてはならないのだ。

『立原道造ノオト』の著者大城信栄は、この手紙について「道造の恋は、はじめから〈別離〉をそのなかに孕んでいた」といい、さらに「その姿は、喪われた愛をさえ、ひとつの、悲しいけれど甘美な〈物語〉として、傍に立って、自身の影の恋を愛おしむような、道造らしい対処ぶりだった」と正当に指摘している。

　こうした恋愛観は、まことに美しい。しかし、ともすれば恋愛というものの本質を、したがって詩の本質を見失わせる危険をも含んでいる。ここは恋愛論を展開すべき場所ではないが、立原に即してひとことといっておけば、「はじめから〈別離〉をそのなかに孕んだ」恋愛などというものは存在しない。恋愛とは、たとえ客観的には明日にでも別離が予定されていようとも、主観的には絶対にそれを認めまいとする情熱のことであったはずである。したがって最初から「果ての日には他人のやうにとほく別れる」ことを前提にした「不吉な哀しい恋」とは、実体的な恋愛ではなく、それ自体が一篇の甘美な物語にすぎないのである。もっと正確にいえば、立原はひとりの生きた青年として、ひとりの生きた女性を愛したのではなく、一篇の悲恋物語の主人公として、物語のなかの女性を愛そうとしたのではないか。そのことは、立原が自分の恋を「火の山の物語」や「エリーザベトの物語」になぞらえていることをとってみても明らかである。つまり、ここでも立原は「だれもきいてゐないと知りながら」彼自身の物語を語ろうとしているので、この恋には最初から相手がいないのである。

　もとより、当時二十歳をすぎたばかりの立原に、それがはっきり自覚されていたとは思えない。彼はただ、彼の時代の青春を精いっぱいに生きていただけなのかもしれない。しかし、恋愛のまえに別離の日のことを考えてしまう感受性だけは、疑いもなく立原道造のものである。たとえば昭和十三年（一九三八）九月三日、女流画家深澤紅子に宛てた信濃追分発の書簡のなかに次のような一節がある。

放浪にのぼるために多くの別離に耐へねばならないこと。この乾燥した皮膚にこころよい気流のなかで僕はかんがへます。別離といふことで僕の世界がどんなにかはるか。しかし僕らはつねに別離を生きることの形式のやうにすら考へてゐます。（傍点引用者）

私が立原道造とトニオ・クレエゲルを結びつけて考えざるをえない理由のひとつは、立原と深澤紅子のこうした関係が、詩人と女流画家という身分的な符合をも含めて、クレエゲルとリザヹタ・イワノヴナのそれにそっくりなためだが、立原自身もかなりそれを意識していた形跡がある。たとえば同じ年の四月上旬に出されたと想定される手紙の一節。

だけれども旅に出たく、淡青い光のなかに心ゆくまで僕の夢をひろがらせたいとおもひます。草にねて、といふ言葉が僕を誘ひます。漂泊者たちの魂が僕のなかにゐるのでせう。どこかとほくとほく、知らない光と色とにほひの世界へ行きたいと灼きつくやうにねがひます。

こうした旅へのあこがれがトニオ・クレエゲルの北方志向に触発されたものであることは明らかだが、それ以上に、漂泊への内心のいざないを芸術家の女友達に告げ知らせるという設定そのものが、すでにどうしようもなく『トニオ・クレエゲル』的なのである。立原はおそらく、相手が芸術家である場合にのみ、安心して自分の心をひらくことができたのではないか。少なくとも芸術家だけには、自分の「夢」を理解してもらえると感じていたに違いない。ここには、そうしたいわば仲間うちの気安さといったものがあふれている。

ただ私たちが注意しておかねばならないのは、トニオ・クレエゲルとリザヹタ・イワノヴナの関係が『トニオ・クレエゲル』という小説のなかの関係であるのに対して、立原道造と深澤紅子のそれは、現実に生きている詩人と芸術家の関係だということである。つまり立原道造はここでも、芸術を現実に引き寄せて考えるのではなく、逆に現実を芸術に合わせてつくりかえようとしているので、「旅」はこの倒錯的な生の比喩にほかならないのである。とすれば、別離は生の形式だというあの不思議な人生観の意味も、たんに「会うは別れのはじめ」といった無常観の反映などではなく、「芸術家は人間になったらおしまいだ」というクレエゲルの芸術論の変奏であることがわかる。

いいかえれば立原はここで、徹底して芸術的な生き方について語っているので、人間的、生活的なことどもは、すべて芸術の後景に押しやられてしまうのである。ところで恋愛とは、人間のあらゆる生活のうちでも最も人間的な（つまり反芸術的な）経験のひとつではなかったか。立原が自分の芸術のために、恋愛を一篇の甘美な物語に仕立てあげてしまったのは、考えてみればしごく当然の話なのである。

4

立原道造は、別離が生きることの形式であると考えていた。それはちょうど、人生や恋愛が芸術のための形式にすぎないという彼の芸術観に対応している。しかし、いうまでもないことだが、彼はもともと人生が芸術の一部であるなどと考えていたわけではない。それどころか彼は、芸術こそ人生の形式の一部だと考えていた。「ノート」(昭和十年三月—十三年十月)に次のような言葉が見える。

短歌は短い形式のためその動機に於て既にあきらめて現実を大ざつぱにつかむ、小説は現実の複雑さにつれて変化する。詩はその中間にあつて、そのリズムある形式のために苦しむ。

ここには詩人立原道造の短歌とのわかれが象徴的に語られている。すなわち少年時代の立原は石川啄木の影響を受けて三行分かち書きの短歌を書いていたが、やがて室生犀星や堀辰雄の詩に触れて短歌形式の限界に思い至り、抒情詩人として再出発する。その間の経緯は十九歳の秋につくられた手製の四行詩集『さふらん』の諸詩篇にあきらかだが、そのなかにたとえばこういう作例がある。

胸にゐる擽つたい僕のこほろぎよ、冬が来たのにまだお前は翅を震はす!

胸にゐる
擽つたい僕のこほろぎよ
冬が来たのに　まだ
おまへは翅を震はす

＊

このふたつの作品の違いは、一行書きの口語短歌を四行に分け、読点をとり、文字づかいを一部改め、最後の感嘆符を除いたというだけのことで、本質的にはどんな差異もない。そして短歌としては多少めあたらしいかもしれないが、詩としては比喩の奇抜さだけをねらった底の浅い作品になっている。この短歌をつくったときに下敷きにしたと思われる堀辰雄の詩「僕の骨にとまつてゐる／小鳥よ肺結核よ……」（「病」）にくらべると、その底の浅さがよくわかる。堀辰雄の「小鳥」はぎりぎりの生命の表現だが、立原の「こほろぎ」は比喩のための比喩にすぎない。そしてそれはおそらく立原が詩と短歌の違いをたんなる「形式」の問題としてのみとらえようとしたところからきている。

たとえば立原はここで、短歌は形式が短かすぎるために現実を大ざっぱにしかつかむことができないと述べているが、それは形式のせいなどではなく、短歌という表現の方法によるものである。詩はその形式はむしろ現実を微細にとらえるのに適しているとさえいいうるであろう。また彼は、詩は短歌と小説の中間にあって、その「リズムある形式」のために苦労するといっているが、自由詩のリズムは短歌のような定型ではなく、それ自体がひとつの表現である。

このように、立原の形式論には疑問な点が少なくないが、いまここでそれをいってみてもはじまらない。私たちはただ、彼が詩人としての出発にあたって、詩を方法としてではなく、形式としてとらえていたことに注意すれば足りる。戦後詩においてはともかく、昭和初年代において、こうした詩作態度はきわめて異例なものだったはずである。それは一方で近代詩の方法的な行きづまりを示すとともに（結局は同じことだが）立原がことのほか形式に敏感な詩人であったことを物語っている。彼の十四行詩（ソネット）が、こうした形式志向の産物であることはいうまでもない。

十四行詩は戦後になって中村真一郎、福永武彦、加藤周一ら「マチネ・ポエティク」の詩人たちによっても試みられたが、作品としての出来ばえからいえば、立原のほうがはるかに上である。それは才能の違いというよりむしろ形式というものに対する思い込みの差によるものであろうと思われる。マチネの詩人たちの誤算は、形式を方法的にとらえようとしたところにあった。それはあたかも『荒地』詩人たちが戦後詩の方法を形式化しようとして失敗したのに対応している。

詩の形式と方法を両立させるのは難しい。形式が先行するとき、方法は形式のしもべとなる。逆に方法が先行するとき、形式はたんなる方法の脱けがらにすぎない。このふたつを両立させるためには、どこかで何かを切り捨てなければならないが、立原は現実を切り捨てることによってそれをあがなおうとした。すなわち彼は、トニオ・クレエゲルが「芸術家は人間になったらおしまいだ」とつぶやきながら、なお人間の側に踏みとどまろうとしたのに対し、いわば芸術と人間の危うい関係そのものを自分の詩の方法たらしめようとしたのである。これは自ら選んだ方法というより多分に資質的なものだといってよいが、その資質をつくりあげた環境としての時代背景を見落とすわけにはいかない。

5

立原道造の生きた時代、すなわち詩人道造の「暁と夕」のあいだは、戦争の時代である。彼が生まれた大正三年（一九一四）には第一次世界大戦がはじまっており、彼が中野の療養所で息をひきとった昭和十四年（一九三九）には、ドイツ軍がポーランドに侵攻して第二次世界大戦の幕が切って落とされている。そうした暗い時代の底で彼が何を感じていたかは、詩集『暁と夕の詩』の次の覚書につくされている。

> 失はれたものへの哀傷といひ、何かしら疲れた悲哀といひ、僕の住んでゐたのは、光と闇の中間であり、暁と夕の中間であつた。形ないものの、淡々しい、否定も肯定も中止された、ただ一面に影も光もない場所だつたのである。人間がそこでは金属となり結晶質となり天使となり、生きたる者と死したる者の中間者として漂ふ。

こういうものを読むと、立原道造もまた時代の児であったと思わざるをえない。ただ彼が他の同時代詩人と違っていたのは、生者と死者の「中間者」としての立場を、詩の武器として前面に押し出すのでも、またいたずらに悲憤慷慨するのでもなく、事実をありのままに承認したうえで、それをそっくり詩の方法に転化してしまったことである。いいかえれば立原は『トニオ・クレエゲル』の主人公のように、また彼が書きつづけた哀切な抒情小説の登場人物たちのように、この「影も光もない場所」を自分の人生の場として生きようとしていたので、その生きざまが、たとえば中村真一郎の眼に次のように映ったとしても不思議ではない。

いつも半分真面目で半分は遊んでゐるやうな姿が、あの独特な含み笑いと一緒に、ありありと生きてゐる。戦争直前の暗い時代のなかで、彼は時代錯誤のやうに、時代の外に超越してゐるやうに、不思議に透明で夢のやうに甘美な純粋詩を書いてゐた。「街には軍歌ばかりが聞えるやうになる」と呟やきながら。

（「立原道造」――『文学の創造』所収）

ここには立原の飄々とした生き方がみごとに活写されている。それはまことにその通りの生き方であったに違いない。しかし、それは中村がいうような意味では「時代錯誤」でも「時代の外に超越し」た生き方でもなかったはずである。むしろ「暗い時代」だからこそ、「街には軍歌ばかりが聞えるやうに」なっていたからこそ、彼には「夢のやうに甘美な純粋詩」を書くべき必然性があったのである。

その意味で、立原道造の詩は正確に「暗い時代」の詩であったということができる。そして、その詩がこうした時代の現実を意識的に捨象することによって成立したことは、さきに見てきた通りである。「いつも半分真面目で半分は遊んでゐるやうな姿」とは、すでに現実を切り捨ててしまった者の放心の表情であったに違いない。

ところで、詩と現実との関係をこのように思い定めていた立原にとって、他の同時代詩人の作品が、余分な夾雑物をかかえこんだ非純粋詩に見えただろうことは想像に難くない。私たちの眼から見れば立原に劣らず純粋な詩と思われる萩原朔太郎の詩集『氷島』について、彼は次のようなきびしい批評を友人に書き送っている。

> 僕はこれを詩の問題とは考へない。ここには詩人・朔太郎の問題があるきりだ。これらの詩は自殺の決意を背にして書いたといふ、その詩人の問題だ。（昭和十年・国友則房宛て書簡）

朔太郎のこの絶唱を、その悲憤慷慨調のゆえに『月に吠える』の下におく評価はあっても、立原のように「ここには詩人の問題があるきりだ」という理由で否定した例はほかにないはずである。立原にとって、詩は人生の問題とは無関係な場所でひっそりと書きつがれるべきものであったから、「自殺の決意を背にして」書かれた詩などというものは、すでに純粋な詩ではなかった。いいかえれば、それは「詩人の問題」ではあっても「詩の問題」ではなかったのである。

これはしかし、よくいわれるような意味での「末期の眼」（川端康成）からする詩観といったものではない。「末期の眼」というからには、その前提に一定の死生観が準備されていなければならないが、立原の詩は死生観という名の現実意識をさえ持っていない。したがってそれは厳密に「中間者」の詩観と呼ばれるべきである。

そして立原のこうした詩観は、もうひとりの同時代詩人、中原中也をも否定せずにはおかない。彼は「別離」と題する小文のなかで「このやうな完璧な芸術品が出来上るところで、僕ははっきりと中原中也に別離する」と書いているが、この批判は中也の詩に向けられたものというより、形のない「中間者」でありながら「絶対者」を気どろうとする、その生活態度に向けられたものであると思われる。とすれば、それはすでに生を喪失した芸術家でありながら現実的な自殺を企て、あまつさえその決意を詩のなかに持ち込もうとした朔太郎への反撥とまったく同じところに根ざしている。

さて、このように地上的な一切のものを否定し、しかも中也のように絶対的な完璧を求めないとすれば、立原のいきつく道はひとつしかない。それはプルーストの『失われし時を求めて』に描かれたあの虚無の世界、すなわち経験の持続が析出する「時間の実在」へ向けて、ただひたすらに詩を書きつづけることである。「だれもきいてゐないと知りながら語りつづける」とは、こうした方法的な決意の表白にほかならないが、しかし、それはどうやって可能であろうか。

詩が自己表現の一形式であるかぎり、人は「だれもきいてゐない」ことを前提に詩を書くことはできない。また、たとえそれが可能であったとしても、現にここでこうして詩を書いている自分を完全に無化し去ることはできないはずである。したがって、そのとき彼にできるのは、せいぜい「だれもきいてゐない」というふりをするか、あるいは「だれにもきかれないように」詩を書くかのいずれかである。そして立原が選んだのは、いうまでもなく前者の方法であった。ここでもういちど「はじめてのものに」を想い返してみれば、その後半の二連は次のように書かれていたはずである。

——人の心を知ることは……人の心とは……
私はそのひとが蛾を追ふ手つきを　あれは蛾を
把へようとするのだらうか　何かいぶかしかった

いかな日にみねに灰の煙の立ち初めたか
火の山の物語と……また幾夜さかは　果して夢に
その夜習つたエリーザベトの物語を織つた

みればわかるように、この詩の構文はいたるところで意図的に破壊されている。第一行の「人の心を知ることは」という主語は、それを承けるべき述語を欠いて宙に浮いているし、二、三行目の入れ子構造になっている部分も、おそらく言葉が省略されすぎたために意味がたどれなくなっている。最終連の終わりの二行についても同じことがいえる。この「果して夢に」は、副詞句としてはまったく意味をなさないのである。

にもかかわらず、これは決してわかりにくい詩ではない。この難解さは、現代詩のそれとはまったく異質なものである。構文は破壊されていても、詩の置かれている場所（意味場）は少しも損われていない。したがって私たちは、この詩のなかの言葉の意味――たとえば「エリーザベトの物語」が実はシュトルムの『みずうみ』のことであり、「火の山の物語」が『竹取物語』をさしているのだということを知らなくても、この詩を十全に理解することができる。つまり、作者がいくら「だれもきいてゐない」ふりをしても、読者にはそれがきこえてきてしまうのである。しかも立原はとっくにそれを知っており、友人の寺田透にちゃんとそれを見抜かれていた。

僕は立原の言ひまはしを不正確で、しかも不正確さの効果にたよつてゐると思ひ、それをあきたらなく思つてゐた。僕は酷薄だつたらうか。だが、立原もちやんと知つてゐたのだ。

（『詩的なるもの』）

自分の詩が「不正確な修辞法」にすぎないことを知っていた立原が、後年日本浪曼派に傾斜していったのは、きわめて自然な道すじである。彼はそこに今ひとたびの「夏の光」を求めたに違いないのだが、しかし、それもまた日本近代の病める「修辞法」であることには気づきようがなかった。もし立原道造が悲劇の詩人であるとすれば、その悲劇とは正確に「中間者」の悲劇であったということができる。

6

日本近代詩史は、それぞれの時代に、光と影のように、あるいは楯の両面のように切り離しがたい一対の詩人をもっている。北村透谷と中西梅花、島崎藤村と土井晩翠、薄田泣菫と蒲原有明、北原白秋と三木露風、木下杢太郎と高村光太郎、山村募鳥と千家元麿、萩原朔太郎と室生犀星、佐藤春夫と堀口大學、宮沢賢治と八木重吉……。

これらの詩人たちは、相互に反撥し牽引し合いながら、それぞれの時代とエコールの詩の磁場をつくりだしてきた。その磁場の吸引力が、さらに新しい時代とエコールを招きよせてきた。日本近代詩史とは、じつはこの磁場の形成と崩壊の歴史であるといってよいのだが、いま昭和十年（一九三五）前後の詩史にその一対を求めるなら、それはさしずめ中原中也と立原道造ということになるだろう。中原と立原は、白秋と露風の時代が終わった直後の日本の抒情詩を、その両極において牽引し合いながら、まったく新しい抒情の磁場を形成した。

このことは、しかし、日本近代詩史が二つの中心をもつ楕円構造になっているという意味ではない。そうではなく、彼らは光が影を生み、影が光をつくるように互いに桔抗し補完し合いながら、ある時代、あるエコールの詩の水位を推しあげていったのである。少なくとも中原中也と立原道造をこのような共通の磁場においてとらえるのでなければ、今日私たちにとって近代詩を読む意味はないといってよいだろう。そしていま私の眼には、この二人が同じ昭和十年代詩の磁場に交錯する光と影のようなものに見えている。

立原道造は『四季』昭和十三年（一九三八）六月号に発表したすぐれた中原中也論「別離」のなかで、前年の秋に夭逝したこの同時代詩人について次のように書いている。

心のあり方をそのままにうたひはしたが、あなたはすべての「なぜ？」と「どこから？」とには執拗に盲目であつた。孤独な魂は告白もしなかつた。その孤独は告白などむなしいと知りすぎてゐた。ただ孤独が病気であり、苦しみがうたになつた。だから、そのうたはたいへんに自然である。しかし、決して僕に対話はしない。僕の考へてゐる言葉での孤独な詩とはたいへんにとほい。（ここでこの詩人が死んだのは今日と、ばかばかしい言葉をおもひ出したまへ。今日といふ言葉はだいぶ曖昧になる。ヴエルレーヌなどは昨日死に、カロッサは明日死ぬ。ではリルケやゲオルゲや、ニイチエはいつ死んだか。）

念のためにいっておけば、この文章の前景には《ときどきむなしい景色が眼のまへにひらける。僕らはたいへんに雑沓にゐる。しかし、そのときにすら、だれもゐない、倦怠と氷との景色は二重に重なつて眼のなかにさしこんでゐる。僕らは脅やかされ、そして慰さめられる。「山羊の歌」といふ詩集の題は雑沓にふさはしくなく、たいへんに素朴に美しい、しかしその詩集もまた雑沓のなかにゐる》という、立原自身のイロニックな風景が置かれている。

また、その後景には《これ（「汚れつちまつた悲しみに」）は「詩」である。しかし決して「対話」ではない、また「魂の告白」ではない。このやうな完璧な芸術品が出来上るところで、僕ははつきりと中原中也に別離する。詩とは僕にとつて、すべての「なぜ?」と「どこから?」との問ひに、僕らの「いかに?」と「どこへ?」との問ひを問ふ場所であるゆゑ。僕らの言葉がその深い根源で「対話」となる唯一の場所であるゆゑ》という別れのトーンが響いている。

　人は他人にことよせて己れを語る。ことに立原は友人に宛てた時候の挨拶文のなかでさえ己れを語ってやまなかった詩人である。この中也論に中也その人の姿が見えないのも不思議はない。ここで立原が語りたかったのは、何よりも「僕」であり、「僕」にとっての詩の意味だったからである。しかし、人は己れを語ることによって、よりよく他人を語ることができる。ことにその他人が同じ時代の同じ「倦怠」と「氷」の景色に閉じこめられている場合には。ここで立原は己れを語ろうとして、はからずも中也の詩の秘密を語ってしまっている。

> これは「詩」である。しかし決して「対話」ではない、また「魂の告白」ではない。孤独な魂は告白もしなかつた。

「詩」として提出されているものに対して、これは「対話」でも「魂の告白」でもない、だから僕ははっきりと別離する——というのは、一見筋違いの論難に似ている。「詩」と「告白」とは、本来まったく別のものであったはずである。しかし、立原にとって（おそらく中也にとっても）両者は決して別のものではなかった。むしろ「詩」は「対話」においてのみ詩であり、「対話」は詩において初めて対話となりえた。そして「詩」と「対話」が別々のものではありえないところに、あえていえば二人の「別離」の理由があった。同じ昭和十三年（一九三八）の二月はじめ、友人の杉浦明平に宛てた手紙のなかで、立原はこう書いている。

> どんな告白が　告白の名で　呼ばれねばならないか、けふ　僕は真に詩に値するものがただ美しい魂の告白にあらねばならないと　知る。同時にいかなる意味でも　ひとつの発展として、人間の告白はつひに詩であらねばならない。……詩はつねにひとつの魂が「どこへ？」と苦しみを以つて問ひつづけるところにある。

人間の告白はついに詩であらねばならないということと、だから詩は「美しい魂」の告白なのだということとのあいだには、文字通り千里の径庭がある。だが、いま私たちの眼前にいるのは、わずか二十四歳の白面の青年である。そこに大人の論理をではなく青年の情意を汲みとろうとすれば、これはそれほど難しい文章ではない。つまり立原はここで「魂の告白」のみが真に詩の名に値するものであり、「美しい魂」が「どこへ？」と問いつづけるところにこそ詩が成立するのだといっている。だから「魂の告白」がなければ、さらにいえば告白するに足る「美しい魂」があるのでなければ、その詩はたとえ「完璧な芸術品」ではありえても、言葉がその深い根源で「対話」となる唯一の場所――「僕」にとっての「詩」とはなりえないというのである。

とすればここで、この「美しい魂」という用語がゲーテの『ヴィルヘルム・マイスターの遍歴時代』に、また「対話」という概念がハイデッガーの『ヘルダーリンと詩の本質』に依拠していることを論証する必要があるだろうか。それはせいぜい立原が何を読み、何に魅かれていたかを明らかにするだけで、なぜそこからそれを借りてきたかについては何事をも語りはしない。私たちはただ、それが立原において詩人存在の深い孤独感に結びついていたことを確認しておけば十分である。《孤独な魂は告白もしなかった》と書かれていたではないか。したがって、問題は詩人の孤独が何に属していたかということである。

7

結論から先にいえば、中也の孤独と道造の孤独のあいだには、青空と泥濘ほどの距離がある。両者は決して同一平面で交差することがない。この距離はそのまま彼らの詩人としての距離であるといってよいが、しかし、それは明らかに昭和初年代という同じ詩の土壌に根ざしている。つまりこの二人の詩人は「美しい魂」を告白すべく、その魂はあまりにも孤独であった。あるいはこう言いかえてもいいかもしれない。中也の泥濘は道造の青空を映して昭和初年代の風景のなかに静まりかえっていると。いずれにしろ中也は、己れの孤独の伴侶ともいうべき日記帳に、次のような孤独論を書きつけていた。

孤独以外に、好い芸術を生む境遇はありはしない。（昭和二年一月十七日）

佐藤春夫の詩が象徴とならないのは彼の孤独が淡白だからだ。純粋性がまだ足りないからだ。
(同年四月十二日)

ここでは孤独とは要するに「境遇」の問題であり、純粋な孤独こそが純粋な詩を生み出す条件だと考えられている。これに対して道造の孤独は、もう少し意志的でもう少し哲学的な孤独である。昭和十年(一九三五)八月五日付けで猪野謙二に宛てた手紙のなかにこういう一節がある。

ヘルデルリーンは日記に、過度の孤独は自己を破壊する、適度な孤独に於て、浄福な生活を営み得ると誌してゐる。さうしてシュレーゲルのうつくしき文章をひいてゐる。この適度の孤独! あこがれられてゐるのはつね日頃これであつた。だがそれはいかにして、自分にまで与へられるか。荒野に打捨てられた鉄の意志であらうか。あらゆる生活はすべて意志によつてのみ得られるのだ。意志こそ、現代の求められた芸術のモメントであらう。

中也にとって、孤独はいわば先験であり、ヘルダーリンの分類によれば「過度」な、自己破壊的な孤独である。一方、道造にとってそれは「対話」の出発点であり、浄福な生活を営むための条件のようなものであった。この場合、どちらの孤独がより深刻なものであったかと問うことに、おそらくどんな意味もないだろう。一見したところでは、中也の孤独のほうがより苛酷で根源的なものにみえるが、しかし《孤独以外に、好い芸術を生む境遇はありはしない》と断言しうる男の「境遇」は、孤独を対象化して「適度」な孤独を願わざるをえなかった男のそれにくらべて、必ずしも不幸であったとはいいきれない。

いずれにしろ重要なことは、道造が《孤独な魂は告白もしなかつた》と書いたとき、中也の魂はこのような「過度」の孤独にさらされており、しかも道造の眼にそれが見えていたという事実である。道造が《倦怠と氷との景色は二重にかさなつて眼のなかにさしこんでゐる》というのは、おそらくそういうことだろう。そして道造にそれを可能にしたのは、ひとつにはもちろん、中也を同一走路の先行ランナーとしてとらえる彼の詩人としての位置だが、より本質的には、孤独をさえも「鉄の意志」によって弁別し、その一方を選択せざるをえなかった近代人の意識である。

いいかえれば、中也にとって孤独はよい芸術を生む「境遇」の問題にすぎなかったが、道造にとってそれは「芸術のモメント」の一つであり、よりよい芸術を生み出すために、よりよい孤独を手に入れなければならなかった。小林秀雄は中也の孤独を「深い悲しみ」と名づけたが、それなら道造のそれは、さらに深い悲しみであったといわねばならない。ただし、それは言葉のほかに対象をもたない悲しみであった。道造が中也の「汚れつちまつた悲しみ」について《僕はこの涙の淵の深さに反撥する》といったのは、汚れることさえかなわぬ近代の悲しみに対する最終的な自己確認であったに違いない。

8

さて、それでは中原中也の詩には「魂の告白」がないのだろうか。かつて小林秀雄は《彼は詩人といふより寧ろ告白者だ。彼はヴエルレエヌを愛していたが、ヴエルレエヌが、何を置いても先づ音楽を希ふところを、告白を、と言つてゐた様に思はれる》と評したが、その「告白者」はいったいどこへ行ったのか。「汚れつちまつた悲しみに」は、たしかに「対話」のある詩ではなく、また立原道造がいったような意味では「魂の告白」を主題にした作品でもない。しかし、少し注意して読んでみれば、ここにも「対話」や「告白」がないわけではない。むしろ密かな「告白」への衝動が詩人にこの詩を書かせたと信ずるに足るいくつかの根拠がある。すなわち、孤独な魂もまた告白を欲していたのである。

汚れつちまつた悲しみに
今日も小雪の降りかかる
汚れつちまつた悲しみに
今日も風さへ吹きすぎる

汚れつちまつた悲しみは

たとへば狐の革裘(かわごろも)
汚れつちまつた悲しみは
小雪のかかつてちぢこまる

汚れつちまつた悲しみは
なにのぞむなくねがふなく
汚れつちまつた悲しみは
倦怠(けだい)のうちに死を夢む

汚れつちまつた悲しみに
いたいたしくも怖気づき
汚れつちまつた悲しみに
なすところなくも日は暮れる……

この詩を読むとき、私はいつも不可解な想念にとらえられる。これはたしかに、いつかどこかで見た風景だぞ、という想いである。立原道造の詩では決してこういうことは起こらない。立原道造の風景は、最初から詩のなかにしか成立しない風景である。もちろん、この詩の小雪や風や日暮れも、詩のなかの風景であることには変わりはないが、しかし、それはいかにも現実的な風景であり、いつかどこかで、たしかに私が見てきた風景である。

こうした既視感を与えるのは、ひとつにはこの詩の非人称性のせいだろう。ここには、立原道造のあの「私」が、すなわち風景を統べる主語がないのである。もちろん、一行一行を取り出してみれば、第一連では「小雪」と「風」が主語であり、第四連では「日」が主語になっているのだが、しかしそれは文法上の主語というにすぎず、表現行為の主格としての主語ではない。問題は第二、三連の「汚れつちまつた悲しみ」だが、これも用語の本来の意味で主語と呼ぶわけにはいかない。とくに第三連の《汚れつちまつた悲しみは／なにのぞむなくねがふなく》というところは、いわゆる擬人法として理解できなくはないにしても、それに先立つ第一連がすでに目的格としての位置を与えられてしまっているだけに、素直に主語とは受けとりにくい。それはやはり、その「悲しみ」の主体である第一人称（主格）を匿した非人称の主語としかいいようがないのである。

要するにこの詩は、第一人称を巧妙に、しかしほとんど無意識のうちに欠落させることで成立した内部風景の告白であり、その匿された告白の切実さが読者の心をうつという、ある意味では大変ナイーヴな抒情詩である。およそ具体性のない風景でありながら、たしかにどこかで見た風景だと思わせるのは、それが作者の心象風景であり、しかも青年期に特有な、ある普遍性をもった心象風景であるからにほかならない。中原中也の愛読者の多くが、中也を真に理解しうるのは自分だけだと信じつつ、そう信じている人の余りにも多いのを発見して驚くのは、多分にこの心象風景のせいである。

そしてなおこの詩に「告白」が不足しているというのなら、同じ詩集『山羊の歌』のなかの「無題」という作品を読んでみるがいい。そこで中也は次のように告白していたはずである。

こひ人よ、おまへがやさしくしてくれるのに、
私は強情だ。ゆふべもおまへと別れてのち、
酒をのみ、弱い人に毒づいた。今朝
目が覚めて、おまへのやさしさを思ひ出しながら
私は私のけがらはしさを嘆いてゐる。そして
正体もなく、今茲に告白をする、恥もなく、
品位もなく、かといつて正直さもなく
私は私の幻想に駆られて、狂ひ廻る。

立原道造とは反対に、私はここで、これは「告白」であり「対話」ではあるけれども、しかし決して「詩」ではない、といってみたい誘惑にかられる。もとよりこれは中也の全作品のなかでもかなり上位にランクすべき作品だが、だからといってここから小林秀雄のように《彼は詩人といふより寧ろ告白者だ》という結論を引き出そうとは思わない。事情はむしろ逆である。中原中也はヴェルレエヌとともに「何よりも先づ音楽を」希っていたに違いないのだが、にもかかわらず彼の詩は彼の「告白」を表現してしまったのである。たとえば《汚れつちまつた悲しみに／今日も小雪の降りかかる／汚れつちまつた悲しみに／今日も風さへ吹きすぎる》というのは、それ自体としては

「告白」でも何でもない。ただの「音楽」である。仮りにそれが《汚れてしまった悲しみに》と普通の文体で書かれていれば、それはあるいは「告白」になりえたかもしれない。しかし《汚れつちまつた悲しみに》という音楽に身をゆだねたとき、それはすばやく「告白」のわきをすりぬけてしまったのである。

また《今日も小雪の降りかかる》という一行は、もし単独に表現されていればある心象の「告白」たりえたに違いないが、そのあとに《今日も風さへ吹きすぎる》という対句表現をもった瞬間に、「告白」を越えて「音楽」に変質してしまうのである。「音楽」がいけないというのではない。詩とは所詮「音楽」として表現された「告白」である。ただ中原中也には「音楽的な告白」は可能でも「魂の告白」は可能でなかった。彼にはそもそも「告白」にあたいするような「美しい魂」などというものが最初から存在しなかったのである。彼の魂を占めていたのは、ただ《恥もなく、品位もなく、かといつて正直さもな》い、けがらわしい「幻想」だけであった。しかも彼は、その幻想に駆られて《狂い廻る》自己を告白するときにさえ、まず「音楽」を心にかけざるをえない天性の詩人だったのである。

したがって道造が中也についていった《孤独な魂は告白もしなかつた。その孤独は告白などむなしいと知りすぎてゐた。ただ孤独が病気であり、苦しみがうたになつた。だから、そのうたはたいへんに自然である》という評言は、ある意味できわめて正確である。中也が実際に《告白などむなしいと知りすぎてゐた》かどうかはともかくとして、その孤独はほとんど先験的なものであり、苦しみはそのままうたになった。いいかえれば中也において、孤独からうたまでの距離は、ほとんど生理的な自然過程であったといえる。

ところが道造にとって孤独は後天的につくりあげられるべきものであり、詩によって与えられるべきものであった。いいかえれば彼は一篇の詩を書くためにみずからヘルダーリンの「適度の孤独」を創造しなければならなかったのだが、それはどのような意味でも生理の自然とは程遠いものであった。そしてまさにその反生理的な苦業を救済するものとして「告白」と「対話」が求められたのである。ここにはおそらく立原道造の一切の詩の秘密が隠されているといってよいが、それを見るまえに、私たちはまず立原道造の詩人としての出発を、すなわちその〈歌のわかれ〉を見ておかなければならない。

第一章　歌のわかれ——立原道造の出発

1

立原道造は、愛されることの多いわりに、理解されることの少ない詩人である。あるいは、理解されることの少ないわりに、愛されることの多い詩人である。その立場はどこか、明治の詩人、石川啄木に似ている。啄木も道造も、同時代のどの詩人にも負けないほど多くの読者に迎えられながら、詩史的にはなぜか比較的低い評価をしか与えられていない。こうした詩史的な評価の低さと、一方での大衆的な人気の高さとのあいだには、おそらく切り離せない関係があるだろう。そこで問われているものは、ひっきょうするところ、われわれにとって抒情詩とは何かという問題である。

立原道造は、石川啄木の三行分かち書きの短歌を模倣することから、その詩人としての歩みをはじめた。すなわち昭和二年（一九二七）、十四歳で東京府立三中（現、都立両国高校）に入学した立原は、雑誌部に属して文芸活動に手を染め、一年のときには戯曲を、二年以降は口語自由律短歌を『学友会誌』に寄稿しているが、その短歌は、あとに見るように石川啄木の先蹤がなければ成立しないものである。このことは、大正末期から昭和初年代にかけての啄木再評価の気運、すなわち早熟な一人の文学少年をとりまいていた当時の言語規範の状況と無縁ではありえないが、それ以上に両者の抒情的な資質の共鳴を示しているだろう。どんなに優勢な言語規範も、一方にそれを詩として受けとめる感受性がなければ、表現の上で共鳴現象を引きおこすことはないからである。

しかし、そうかといってそれを立原道造に固有な現象と考えるわけにはいかない。立原道造に生じた程度の共鳴現象なら、若年のころに啄木に親しんだ者にはほぼ例外なく生じているはずであって、それが一篇の詩のかたちをとるためには、たんなる共鳴をこえた資質的な同致ともいうべきものがなければならないからである。とすれば、そこで立原道造の詩を呼びさましたものは、石川啄木の何だったのであろうか。そのことを理解するためには、一般に啄木の短歌とは何か、啄木への共鳴とはどういう感受のありようなのかということを見定めておく必要がある。

たとえば私は中学時代の末から高校時代の初めにかけて——すなわち立原道造とほぼ同じ年ごろに「啄木体験」ともいうべき一時期をもったことがある。当時の国語教科書には、国木田独歩の「武蔵野（抄）」にはじまって、薄田泣菫の七五定型詩、萩原朔太郎の「月に吠える」、三好達治の「甃のうへ」まで、近代文学史の各章のサンプルがおそろしく総花的に掲載されていて、幼い文学少年の感受性を恐慌状態に陥れたものだが、それらの「古典」的な言語規範の一例として私は啄木に遭遇したのである。そのとき私の眼に見えていた啄木とは、たとえば次のような短歌のことであった。

東海の小島の磯の白砂（しらすな）に
われ泣きぬれて
蟹（かに）とたはむる

頰（ほ）につたふ
なみだのこはず
一握（いちあく）の砂を示しし人を忘れず

大海にむかひて一人
七八日（ななやうか）
泣きなむとすと家を出でにき

処女歌集『一握の砂』に収められたこれらの「我を愛する歌」が私にもたらした感動は、しかし、一般に芸術作品がその鑑賞者に与えるそれとは異質のものであった。私がそこに見ていたのは、何よりも泣きぬれて蟹とたわむれる私自身であり、頰に流れる涙をふこうともせずに一握の砂を示した人が私にも確かにいたはずだというはるかな想いであり、そして「泣きなむとすと家を出で」ようとする私自身の意識の投影であった。したがって、それは語の厳密な意味でのナルシシズムであったに違いない。青年前期の心象にありがちな自己顕現の欲求と、その逆説的な表現である逃亡へのあこがれ。そうした感傷のすぐ隣りへ啄木がきてすわったのである。以来数年のあいだ、私は啄木とともに生きた。

人がある文学作品を読むとき、作中の登場人物に自己を仮託し、あるいはそこに自分の意識の投影を読みとるのは、ごく自然な心理である。「彼」は私自身だと思うことなしに、どうして他人の書いたものを読みえよう。だから私たちが一篇の作品を読むとき、そこで読まれているのは私たち自身でもあるはずなのだ。文学的な共感とか感動といったものがどうしようもなく個人的な色彩を帯びてしまうのは、おそらくそのためである。

しかし、文学的共感は、必ずしもそこに等身大の自己を発見したときにのみ生ずるとは限らない。それはありうべき自己、ありうべかりし自己、すなわち自己のもつさまざまな可能性を発見したときにも十分に起こりうる。一度も砂丘に行ったことのない私が「一握の砂を示し」た人のおもかげをほうふつと想い浮かべ、しかもその人は確かに「頬につたふなみだ」をぬぐわなかったはずだと信じえたのは、その何よりもいい例である。当時の私は、生活的な経験の上で何ひとつ啄木と共通するものをもたなかったし、詩的な表現をさえ共有しているわけではなかったが、しかし啄木は疑いもなく私のなかに生きていた。それがおそらく文学作品のリアリティというものであり、それはこの短歌の場合、三十一音のことばの組合せと、なかでも「なみだ」という詩語が私のうちに喚起するイメージによってもたらされたものだと知ったのは、すでに私のなかで啄木への共感が色あせてしまってからのことである。

だから私は、文学のリアリティをもっぱら作者の現実意識や描写の迫真性の問題に還元してしまう読者不在のリアリズム論議を好まない。それは何よりもまず読者の側における共感の質の問題であって、読者のほうにそれを感受する条件がないかぎり、文学の機能としてのリアリティを論じるのは、たんなる押しつけか思いこみにすぎないのである。文学的リアリティなどというものが先験的に存在するわけではない。ある文学が人に共感を与えるとき、その文学はその人にとってリアリティがある、というように問題をとらえないかぎり、あらゆるリアリティ論議は、それこそリアリティを失わざるをえないだろう。

このように見てくれば、啄木のおかれている位置がはっきりする。第一にそれは多数読者の生活経験を超えた文学的共生感によって支えられた文学であり、その共生感を生み出したのはいうまでもなく短歌的抒情という日本語の伝統的な言語規範である。あるいは逆に、短歌的抒情が文学的なリアリティをもちうる日本語の風土のなかで、啄木の短歌を媒介とする文学的共感の磁場が形成されたのである。いま、この文学的共感の磁場を仮りに言語共同体というように名づけてみれば、啄木の短歌が多数の読者を獲得したのは、それが日本語の言語共同体に深く根ざしていたためであって、その逆ではない。ここに従来の啄木論の陥りやすい盲点があったといえる。たとえば近代主義者荒正人は「啄木への誘い」と題する解説的な文章のなかで、次のように書いている。

啄木の歌が広く愛され、歌われているのは、甘さのためである。感傷性のためである。それは、知識人や文学愛好家たちの気に入らぬらしい。啄木など全く読んだことがないとか、中学生の頃読んだきりで、忘れてしまったとか言うことが、何か良識的態度と見なされている。つまり、啄木などに関心を抱くのは、その人の鑑賞眼が低いからだということになる。これは根本的に間違っている。

ここには知識人や文学愛好家たちの啄木受容について、ある良識的な理解が語られている。荒はもちろん、それを根本的に否定しているのだが、否定しやすいように前提が組み立てられているので、実は何も否定したことになっていない。啄木に対して広大な共生感をつくり出している部分は、とてもこれほど割りきれやすい読者ではないだろう。彼らは第一、啄木を「鑑賞」したりはしない。啄木とともに、啄木を「生きる」のである。だから、それは断じて鑑賞眼の高低や知識人の虚栄心の問題などではない。もしそのようなものであれば、啄木がこれほど広汎な読者に迎えられることはなかったに違いない。問題はもう少し深く日本語の言語共同体の暗部に潜んでいるはずである。つづけて荒は書いている。

啄木の歌は読んでいるうちに自然に覚えてしまうし、勝手な節をつけて歌ってみたくなる。勝手な節は、朗詠や吟詠に始まり、即興的には、西洋の歌曲にまで及ぶ。みんなが心に抱いている好きな節に合わせて、歌ってみることができる。その場合、好きな節といっても「黒田節」や「愛染かつら」では、啄木の短歌のイメージとはふさわしくない。だから、逆に、そういう歌の好きな人たちには、啄木は初めから縁がないのである。

これはまたずいぶん乱暴な論理である。いったい何を根拠に、啄木の短歌は朗詠や吟詠や西洋の歌曲には合うのに、「黒田節」や「愛染かつら」にはふさわしくないなどということがいえるのか。即興的に西洋の歌曲などが思い浮かばず、せいぜいのところ啄木の、

いたく錆びしピストル出でぬ
砂山の
砂を指もて掘りてありしに

という短歌に本歌どりした石原裕次郎の「錆びたナイフ」や、同じようにしてつくられた坂本九の「上を向いて歩こう」ぐらいしか知らない私は、ついに啄木とは縁なき衆生なのだろうか。こうした大衆的な歌謡曲は、明らかに「黒田節」や「愛染かつら」の系列に属しており、私はどちらかといえばこの系列の節が好きだが、そんな私でも人生の初めから啄木に縁がありすぎて困ったほどなのである。とすれば、荒の啄木理解もずいぶんとおかしなものになってくる。この場合、荒正人が即興的に西洋の歌曲などを口ずさむことのできる近代主義者一般の代名詞であることは、あらためていうまでもないだろう。啄木の短歌は、このような近代主義者にも、理解されることなく愛されてきたのである。

もう一人の近代主義者福田恆存は、いみじくも「近代人石川啄木」と題するエッセイのなかでこういうことを書いている。

なるほど啄木における社会主義的傾向はいかに注意されようと、それが度をこすことはありえまい。さういふ理解の前提なくして、かれの作品を鑑賞することは不可能である。が、啄木の本質は――いいかへれば、かれにとつて短歌といふジャンルがむりであつたという事実の真相は――かれがまことに近代的な意識派だつたということのうちにある。

こうした理解の前提には、啄木のなしとげた文学上の業績が「いずれも粗雑で未完成なものが多く」、ことにその短歌にいたっては「それ自体として鑑賞にたへえず」、そこに読者が深い感慨をこめうるためには「つねに当時の作者の生活上の事実を索引としなければならぬていのものなのである」という福田の解釈がある。さらに、西行や芭蕉にあったはずの安定した生活の秩序や美的スタイルがなく、また明星のロマンティシズムやあらゝぎ派のリアリズムでさえ到達しえた「いちおうの芸術的完成」が、啄木にはついに訪れなかったという文学史的な見方がある。人々はそこに啄木の社会的関心を見てきたが、自分は同じところに啄木の「近代的な意識」を見る、それが近代的な批評というものだ――福田はたぶんそういいたいのである。

啄木の短歌は完成品にはほど遠く、芸術以前の混沌と夾雑物を内に重くかかえこんでいるというのが、この国の文学史の常識であり、その対極に芭蕉や西行の安定した美的スタイルをもちだすのも、私たちには見なれた論法である。だから、すべての啄木論は、そのことを疑いなき前提としたうえで、それならその未完成はどこからきたかという一点をめぐって行なわれてきた形跡がある。

ある者はそこに短詩型文学のうちに盛りきれぬ現実意識の幅員を見、またある者は同じところに近代的な自我の屈折を見るという具合である。したがって、この世には評論家の数だけの、いや評論家が書いた評論の数だけの啄木論が存在することになる。そして、そのことこそがまさに啄木の読まれ方なのである。

こうしたさまざまな啄木論に対しては、私はとくにいうことがない。芸術派には芸術派の、社会派には社会派の読み方があり、それぞれの評価の仕方があって然るべきだからである。むしろ、どのようにも読めるというところに啄木の啄木らしさがあるといえば、それが私の啄木論になってしまうのだが、ただそこのところで啄木が未完成な詩人であるというなら、詩人にとって未完成とはどういうことなのかということだけは、ぜひとも押さえておかなければならないと思う。

詩は美的スタイルなりという近代主義者の抜きがたい偏見が存在する以上、一方では詩は断じて美的スタイルなどではない、もっと直截的な「強権に確執をかもす志」そのものだという反近代的な偏見が存在する十分な根拠がある。「強権に確執をかもす志」を捨て去ったところで、それと引きかえに手に入れた美的スタイルがどんなに完成されたものであろうと、そんなものは詩にとっても詩人にとっても何の意味もない、という立場が当然予想される。そして啄木自身は、どちらかといえばそういう立場をとっていたはずである。たとえば啄木二十三歳の日記には、次のような一節が見える。

何の事はなく、予は近頃吉井が憐れでならぬ。それは吉井現在の欠点——何の思想も確信もなく、漫然たる自惚と空想だけあつて、そして時々現実暴露の痛手が疼く——それを自分自身に偽らうとして、所謂口先の思想を出鱈目に言つて快をとる——それが嘗て自分にもあつたからであるからかも知れぬ。

明星ロマンティシズムの色濃い影響下に詩的出発をとげた初期の啄木に「口先の思想を出鱈目に言つて快をとる」傾向のあったことは否めない。しかし、二十三歳の十一月には、すでに吉井勇批判のかたちを借りて、これだけの自己凝視を可能にする眼をもっていた。それは社会的関心とも近代意識とも関係のない、一個の成熟した詩人の眼である。また、次のような書簡の一節を見るがいい。

ただ僕には、平生意に満たない生活をしてゐるだけに、自己の存在の確認といふ事を刹那刹那に現れた「自己」を意識することに求めなければならないやうな場合がある、その時に歌を作る。

ここには啄木の短歌の性格があたうかぎりの直截さで語られているといっていいだろう。すなわち彼は、ともすれば見失われがちになる自己存在の確認のために、刹那的に現れる「自己」を意識する。こうして確認された「自己」こそが啄木にとっての歌の意味なのである。

これは一見、啄木を近代的な意識派とみる福田の見方を裏書きしているようだが、しかし、ごく常識的に考えてみて、自己存在の確認のために自己を意識しない詩人がいるだろうか。おそらくそんなはずはない。詩人が詩を書くのは、少なくともそのはじまりにおいては、自己の存在を確認するために書くのである。そして、そのよすがとなるものは、日常的な時間の流れのなかに刹那的にあらわれる自己の断片をおいてほかにはない。それは平生「意に満たない生活」をしている、いないにかかわらぬ詩人の自意識の問題である。だから、啄木はここで、詩人としてごく当然のことを述べているにすぎない。その当然のことを、さも重大なことのように思いみなすところに、詩を近代的な意識の所産としなければやまぬ近代主義者のもうひとつの迷妄があるといえるだろう。

この点で、啄木における近代を「ふるさとを愛しながら、ふるさとにいることができない」矛盾に見定めようとしたのは、現代歌人寺山修司である。寺山はそのエッセイ「一握の砂のしめり」のなかで、「一人の歌人を以って一つの時代の青春を代表させることができたのは石川啄木までであった」と前置きして、次のように書いている。

私は今日、啄木の歌を愛している地方青年たちの感受性の底をながれているものは、日活映画の「渡り鳥」シリーズの滝伸次という主人公を愛する心とひどく類似しているのではないか、と考える。小林旭扮する滝伸次は、危機に瀕している「ふるさと」に颯爽とあらわれて、地元民たちのために命がけでたたかうのである。

夜寝ても口笛ふきぬ

口笛は
十五のわれの歌にしありけり

といった趣きで自らを感傷する。滝伸次は十五歳ではないが、地方でそうした映画のために行列をつくる少年たちは十五歳前後である。そのくせ啄木も滝伸次も、素朴な農本主義者でもなければ、古くさいナショナリストでもない。啄木は「ふるさとの山はありがたきかな」といいながら文学にあこがれて上京してしまったし、滝伸次は「ふるさと」が悪徳資本家の手から守られると、ギターをかかえてその土地を離れていってしまうのである。

これは私がこれまでに読みえた啄木論のうちで、最もすぐれた文章である。ことに啄木の歌を愛する地方青年の心情を小林旭の「渡り鳥」シリーズに比定した分析は、見事なものだといわねばならぬ。啄木と滝伸次をひとしく同じ時期に愛して育った地方青年である私は、寺山のこの分析に心から同意する。そして、これはおそらく現代歌人寺山修司の啄木の読み方でもあったに違いないと思う。ここで啄木への愛と理解は過不足なく調和している。啄木の歌は、このような読まれ方の地平でこそ文学的なリアリティを獲得しうるだろう。

とはいえ、それにはいくつかの留保が必要である。第一に、こうした論法では、東京の下町に生まれ育った立原道造が、にもかかわらず啄木の熱烈な愛読者であったという事実を説明できないことである。そして第二に、啄木がそのような望郷意識を表現に同調させることによって、一種の

「ヒューマン・ドキュメント」としての短歌を実現したのだとすれば、詩人としての啄木を不当に低く評価することになりかねないという点である。すなわち、啄木を「失われたふるさと」の体現者というふうにとらえるかぎり、それはどこかで「啄木の歌は芸術ではないが感動的だ」といった、あの近代主義者の迷妄にいきつかざるをえないのである。芸術的でない感動はありえても、感動的でない芸術などというものはありえない。むしろ感動的なものこそ芸術なのだと言いきるためには、啄木の「ふるさと」はもう少し広い地平でとらえかえされなければならないだろう。

私の考えでは、啄木の「ふるさと」は近代にさらされて崩壊したある風土の闇といったものを象徴している。したがってそれは実在ではなく欠落であり、現在にではなく過去に属している。たとえ「ふるさとの山はありがたきかな」とうたわれていても、それをうたわせたのは実在の山ではなく、「ふるさと」の欠損である。少なくともこのような山の姿は、いったん「ふるさと」を棄てた望郷者の眼にしか見えてこない。この意味で、望郷者はすべて棄郷者である。その棄郷者のこころに望郷の想いを宿らせるのは、いつも「ふるさと」の欠損であって、その実在ではない。というより、欠損の意識が「ふるさと」の実在へ向かおうとするとき、それは実在をも一種の欠損として招きよせてしまうというべきである。いいかえれば、啄木にとって「ふるさと」は、その歌のなかにしかなかった。歌のなかにくりかえしうたいこめることによってしか、その「ふるさと」を愛することができなかった。「ふるさとの山に向かひていふことなし、ふるさとの山はありがたきかな」という歌は、そのような啄木の精神の位相を伝えている。

この場合に注意すべきは、啄木にその風土の欠損をもたらしたものが、風土自体の変容ではなく、外在的な（あるいは外来的な）近代であったという事実である。明治四十年代の東北地方の寒村にあって、実体としての「ふるさと」は、おそらくそれほど激しい近代化にさらされていたわけではないだろう。そこではむしろ「前近代」こそが支配的であったはずである。にもかかわらず、啄木がそれを欠損として感受したのは、彼が文学というものを一種の近代として受けとめていたことを意味する。すなわち、彼にとって文学と近代とは同じ盾の両面であり、文学者として立つために上京することは、そのまま自己の近代化を意味していた。

もとよりこのような心理は地方出身の文学者に共通したものであって、啄木に独自なものではない。ただ啄木が、たとえば室生犀星のような望郷詩人と違っていたのは、「前近代」の影を背負いながらひたすら近代のほうに身をすりよせていくのではなく、むしろ近代によって顕在化した風土の欠損と違和を「時代閉塞の現状」として感受する心性をもっていたことである。これをただちに、成功した文学者と落魄した詩人の環境の問題に還元してしまうわけにはいかない。そのような要素がまったくなかったとはいえないにしても、それはより多くその詩人としての特性にかかわっているだろう。わかりやすい比喩でいえば、犀星は後年小説家として作家的な生涯を形成しえたが、啄木はたとえ若死にしなくても、ついにそのような生涯をもつことはなかったに違いない。そして、それはそのまま夭逝詩人、立原道造にもあてはまることである。

したがって、寺山の啄木論に対する私の留保は、次のように敷衍して考えてみることができる。すなわち啄木の生涯は、明治時代末期の青年たちが外在としてもたらされた近代とどのように対決し、どのように「時代閉塞の現状」にのめりこみ、そしてどのように敗れ去らなければならなかったかという過程を、特殊ではあるがそれだけにかえって典型的な位相で象徴している。そしてその短歌は、そうした悪戦の過程を明星ロマンティシズムという、当時における一般的な言語規範に繰りこもうとしてついに繰りこみえなかった言語的な違和を象徴している。

その場合、同時代の詩人の多くが「強権に確執をかもす志」を表現の手前に捨象することによって、ひたすら近代の側にのぼりつめようとしたのに対して、啄木はあくまでそれを詩の（あるいは詩人の）倫理の問題として内在的に受けとめようとした結果、近代の（文学のといっても同じことだが）対極にあるものとしての「ふるさと」がつねに意識されねばならなかった。いいかえれば「ふるさと」は、詩と人生の二重の位相で、「時代閉塞の現状」に対する詩人の違和を象徴するものとならねばならなかった。ここにおいて啄木は、せいぜい地場産業的なブルジョワにすぎない「悪徳資本家」を打倒したことに満足して、再びギターをかかえて旅に出る「渡り鳥」と訣別する。たとえその歌が「悲しき玩具」にすぎないとしても、それは断じて自己感傷のためのギターなどではなかったし、啄木は「ふるさと」のほかにどこにもいくところがなかったのである。

宗次郎(そうじろう)に
おかねが泣きて口説き居り
大根の花白きゆふぐれ

酒のめば

刀をぬきて妻を逐ふ教師もありき
村を逐はれき

かの村の登記所に来て
肺病みて
間もなく死にし男もありき

これらの短歌は、近代と文学に逐われて規範の外にはじき出された啄木の、行きついたさきを示している。ここに、見出された言語共同体の、安定した美的スタイルがあるなどといってはいけない。また社会主義者ごのみのリアルな現実があるわけでもない。人生や社会の敗残者を同情的にうたえば、それだけで詩のアクチュアリティが獲得できるなどという近代主義的な迷妄は捨てたほうがいいのである。

そうではなく、ここにはある風土の欠損が――それを欠損として自覚せざるをえない精神が招きよせた「ふるさと」の現実がある。そして、この現実は、おそらく実体としての「ふるさと」以上に現実的であるはずだ。詩のリアリティとはそのようなものであり、そのようにして実現されたリアリティのみが、われわれにとって詩を読むということの意味である。

2

さて、私は余りにも長く啄木について語りすぎたのだろうか。おそらくそんなはずはない。私は終始立原道造について立原道造の詩が成立する根拠について語ってきた。詩が何であれ、それはまず同時代の言語規範のなかで、その規範のかたちをまねることによって出立する。個性とか資質というものはその規範から何を学ぶか、何をまねるかの差異にすぎないといってよい。立原道造が当時の言語規範から学んだものは、何よりもまず啄木の短歌であり、そのなかの風土の欠損であった。したがってそれは最初から「悲しき玩具」であり、やがて歌のわかれを準備していくことになる。しかし、そのまえにまず立原が啄木に学んだものを見ておくことにすれば、それは次のような一群の歌稿である。

紙を焼けば灰いつまでも
寒空にとゞまりて居り。
冬の日の焚火。

母君と口論をしたやるせなさ
ぢつと空見る――。

冬の日の午後。
草に寝て
いつとはなしに空を見き。
白き雲など浮びたるかな。

心から何かいひて見たくなり
ペンをばとりぬ。
空の黒き日。

（「硝子窓から」より）

これは昭和四年（一九二九）三月、立原が『学友会誌』に発表した「硝子窓から」と題する短歌十一首中の一部である。これらの短歌が象徴しているのは、冬の日の焚火や母親とのいさかいといった日常の刹那刹那にあらわれた「自己」意識を、怒りや悲しみや淋しさといった感情を通じて確認しようとしている十六歳の少年の孤独な精神の位相である。それはまだ余りにも幼なすぎて、結局のところ「心から何かいひて見た」いという表現への欲求そのものを表現するにとどまっているが、まさにその自己確認が短歌をつくる理由と重なっている点で啄木に直通している。そしてそのことの重要さにくらべれば、これらの歌が三行分かち書きで書かれ、そのなかに「ぢつと空見る」といった明らかな模倣句が含まれているなどということは、じつはたいした問題ではない。もし、それをいうなら、啄木が意図してついに手に入れられなかった口語自由脈がここではごく自然に採用されているという、両者の属する言語規範の落差をこそ問題にしなければならない。そうではなく、むしろそうした落差の大きさにもかかわらず、両者の短歌があるところでまったく同じものを表現してしまっているということが重要なのである。

3

立原道造が石川啄木の短歌から受けとったものは、ひとことでいえば近代から取りのこされた「我(われ)」であった。あるいは近代に対して違和を抱かざるをえない「我」であった。近代と「我」とのあいだに横たわるこの違和が、彼らに「我」をうたうことを強いた。その歌の基本的な情動が、近代に対する違和とそこからの自己救済にあったかぎり、それは結局のところ「我を愛する歌」のかたちをとらざるをえなかった。歌のなかで、彼らは彼らの「我」を愛した。愛されることで、「我」は彼らの白鳥の歌となった。そしてその自己愛の純一さが多くの読者を引きつけた。いいかえれば、彼らはひたすらに「我」を愛することによって、多くの読者に愛される存在になった。これはおそらく近代詩史の大きな逆説のひとつである。

このことは、しかしいささかも彼らが他に誇るべき「我」の持ち主であったことを意味しない。もしそれが万人に認められるような「我」であったならば、彼らは歌をつくることも、まして「我を愛する歌」をうたうこともなかったに違いない。そうではなく、「我」のほかに信じるべきものを何ひとつ持たなかったからこそ、彼らは「我」をうたい、「我」に執着せざるをえなかったのだ。つまり、近代への違和が彼らの「我」をつくりだしたのである。だから、どんなに奇嬌に聞こえようと、彼らの「我」はその歌のなかにしか存在しない。歌のなかに封じこめられて初めて、それは詩人の自己表現の主格として成立している。そのとき、表現に先立って自我があり、自我が表現をつくりだすのだというあの近代の神話は、文字通り神話にすぎないのである。

石川啄木においてこの逆転を生み出したものは、いうまでもなく彼のうちなる「ふるさと」である。「かにかくに渋民村は恋しかりおもひでの山おもひでの川」とうたわれた、そのふるさとの山と川が近代の対極に意識されていたからこそ、その間の違和がつくりあげた「我」は、よく近代の空洞を撃つことができたのだといえる。むしろ、そこで「我」は近代とふるさとを二つながらに包摂する方法的な主格であったといってよい。ともかくもこうして近代短歌史上に例を見ない幸福な「我」の歌が実現したのである。

立原道造にとって、この幸福は最初から望んで得られないものであった。彼には啄木の「渋民村」がなかったからである。もとよりここでのふるさととは、たんに地理上の田舎を意味するわけではないが、立原の生まれた日本橋橘町は、どのような意味でも詩人のふるさとたりえなかった。そこには思い出の山や川が存在しないばかりではなく、詩人は終生そこから出奔しようとはしなかったからである。

こういえば、あるいは人は訝かるかもしれない。詩人は文学的近代を求めて軽井沢へと出奔したではないか、トニオ・クレエゲルのように北へ向かって旅立ったではないかと。それはたしかに環境としての前近代の否定であり、文学的な近代への跳躍であった。その意味では、立原道造もまた、まがうことなき故郷喪失者の一人である。しかし、彼は一度たりとも望郷の歌はうたわなかった。啄木のように「ふるさとの山はありがたきかな」と手放しで故郷を讃美することはもとより、同じ下町出身の芥川龍之介のように屈折した出自への哀惜を密かに詩に表現することもしなかった。というより、そうする理由を持たなかった。なぜならば、彼には最初から失うべきふるさとがなかったからである。

あとでくわしく述べるように、立原道造のふるさとはその詩のなかに、すなわち作品「のちのおもひに」にうたわれたあの「山の麓のさびしい村」にしか存在しない。しかもその村は、啄木の渋民村のような実在の村ではない。「さびしい村」は、どこまでいってもことばにすぎない。そしてそれがことばにすぎないということが、立原にとって「さびしい」のである。いや、そういっただけではまだ十分ではない。「さびしい」という形容詞自体が詩人の感情から切り離されて、一個のことばとしてそこに置かれているというべきである。いいかえれば、詩人はふるさとを失ってみせるために、失うべきふるさとをことばによってつくりださねばならないのであり、こうしてつくりだされたふるさとは永久に失われつづけるほかはないのである。したがって、もし石川啄木を望郷の詩人と呼ぶならば、立原道造は「望郷」への望郷をうたいつづけた詩人ということになるだろう。この「望郷」が啄木の渋民村に対応していることはいうまでもない。

ところで、立原道造の初期短歌には、早くもこうした表現の逆転があらわれている。それはおそらく立原が啄木短歌における「我」をすでに完成された言語規範として受けいれたことを物語っているが、一方で先験的な故郷喪失者の方法的な困難さをも示しているだろう。ふたたび十六歳の歌稿「硝子窓から」を引用すれば、それはたとえばこういう世界である。

心から泣いても見たし。
心から笑つても見たし。
怒りたる後。（a）

目を伏せて考へて居る友見れば、
悲しくなりき。——
我をおもへば。（b）

窓に立ち
大きな声で歌唱へば、
何がなしには淋しくもなる。（c）

ここには青年前期のささやかな感受性の揺曳が、短歌という表現形式を疑ってみないところで、過不足なくうたわれている。うたいぶりは年齢相応に幼いが、一定の形式さえ与えられれば、どんなに未熟な才能もある水準の表現を獲得しうるという意味で、定型的な言語規範の存在理由を立証するような作品だといっていい。さらに立ち入って観察すれば、いかに規範に忠実な類型表現も、必ず表現者の固有な表情ともいうべきものをおびきよせずにはいないものだということがわかる。すこし注意深い読者なら、ここに、やや神経質で頭のいい、下町の文学少年のおもかげを見出すことができるだろう。すなわち立原道造もまた、十六歳のときにはまちがいなく十六歳の少年だったのである。

しかし、ここで注意したいのは、そのような言語規範の効用についてではない。むしろ逆に立原道造が短歌の規範に忠実に身をすりよせることによって、ついにはその規範を踏みこえてしまっていることに、読者の注意を喚起しておきたいのである。

たとえば（a）の歌に見られる「心から泣いても見たし／心から笑つても見たし」という凡庸な対句表現は、「泣いても笑っても」といった通俗的な慣用句と、啄木短歌のもつ反近代的な感情表現が結びついたところで成立している。したがって、それはいささかも作者自身の感情生活に対応しているわけではない。結句の「怒りたる後」についても同じことがいえるだろう。このような「後」の使い方は啄木短歌の常用手段であり、それはおそらく昭和初年代の短歌状況において一種の規範と化していたに違いない。そう考えるのでなければ、この歌の余りにも規範的な構成の意味はつかめない。

すなわち、この歌の作者は、ここで実際に泣いたり笑ったりするまえに、泣くことと笑うことを対句的にとらえる言語規範のほうを選んでしまっている。逆にいえば、泣くことと笑うことをこのように客観的に対象化しうる醒めた精神にとって、もはや「心から」泣いたり笑ったりすることは不可能である。だから、彼はそれを「見たし」という願望のかたちで表現するほかはなかったのだといえる。そしてこの願望は彼の生涯を通じてついに叶えられることはないだろう。立原道造が規範によって規範を踏みこえたというのは、つまりそういうことである。

4

（b）の歌についてもほぼ同じことがいえる。ここで目を伏せて考えている友を見ている「我」とは、どのような意味でも近代的な自我意識といったものではない。それが近代の自我であるためには、最小限「友」と「我」の関係が対象的に意識されていなければならないが、ここにある「悲しみ」は対自的なものではなく即自的なものである。しかもその即自性は、現に悲しんでいる自分についたものではなく、「悲し」という詩語に——あるいはひょっとすると「悲しくなりき」という詩句に即している。いいかえれば、ここで「我」は「友」との関係を悲しんでいるのではなく、むしろ「悲し」との関係のなかに「友」の姿を見出している。そのことは、この歌の結句が「我をおもへば」となっていて、「我が」でもなければ「我も」でもないことを見ればあきらかである。この「我」と「悲し」の関係は、いわば予定調和的な規範のうちに含まれていて、いつでもどこでも「我」をおもえば「悲し」いのである。とすれば、「我」はもはや一少年の自我などではありえない。それは「我」の悲しさ、あるいは「悲し」い我を一個の詩美とみなす伝統的な詩意識の所産であり、それ自体がすでに美学の一部なのである。そしてわが立原道造は、ことのほかこの美学に敏感な詩人であり、時には反美学的なものでもありうる人生を純美学的に生きたばかりか、人生そのものを美学の実践場と観じてはばからなかった。ここには、この詩人のそうした逆説的な人生への旅立ちが、あたうかぎり直截に告げられているだろう。

それとともに見落としてならないのは、ここに早くも後年の詩を彩ることになる「――」が登場していることだ。この活字二字分の直線は、意味としては何事をも伝えてはいない。「――」がなくても、この歌は立派に成立しているし、詩的な効果に限っていえば、あきらかに無用の長物である。にもかかわらず、いやむしろそれゆえにこそ、それは立原道造の詩になくてはならないものであり、その表現の不可欠な構成要素となっている。いまはまだ予告的にいっておくしかないが、この「――」はやがて立原道造の歌のわかれをつくりだす理由のひとつになっていくであろう。

（c）の歌が表現しているのは、人生のかわりに詩を選んだ者の絶対的な孤独感といったものである。もとよりここで年わかい詩人にそのことが明確に意識されているわけではないが、詩人に先立って詩がそれをつかまえてしまっている。夕暮れに窓辺に立って大声で歌をうたうというような経験は、詩人に限らず誰にでもあることに違いない。それは余りにも一般的すぎて、逆に言語として規範化されることがなかったともいえる。その意味で、この作品は珍しく具体的な日常の手ざわりを持っているといってよい。

しかし、この歌が日常的なのはそこまでで、結句の「何がなしには淋しくもなる」に至ると、にわかに規範の色をましてくる。そして前半の日常性自体が、実は規範のなかの日常にすぎないことが見えてくる。事情はおそらく逆であろう。彼は何がなしの淋しさにたえかねて、その淋しさをまぎらすために大声で歌をうたったのだ。しかし、淋しさはまぎれるどころか、ますます深まっていくばかりであった。そうした体験の全体を短歌的な規範のなかに流しこもうとすれば、それは結局、「歌をうたったので淋しくなった」というように逆転されざるをえない。そこには当然、「歌唱へば／淋しくもなる」という、意味としての逆説の効果も計算されているだろう。それを仮りに短歌的なイロニーと呼ぶことにすれば、ここでその逆転をつくりだしたものは、表現に先立って詩人のうちに用意されていた短歌的なイロニーの規範である。そしてこのイロニーが、啄木のあの「ふるさと」に通じていることはいうまでもない。つまりこの淋しさは、故郷喪失者の望郷心とまったく同じものなのである。

啄木ならおそらくそれを「何がなしには淋しくもなる」とはうたわなかった。啄木にはその淋しさの底にあるものが見えていたし、見えていたからこそ「ふるさとの山に向ひていふことなし」とうたうことができたはずである。しかし、最初からことばのほかに失うべきものを持っていない立原にとって、淋しさはその歌のなかにしか存在しない。歌のなかでそれを淋しさと名づけなければ、淋しさは詩人の目に見えてこない。そしてそのためには、またしても窓に立って大声で歌をうたうというような、ことばによる現実の仮構が必要になってくる。すなわち、すべてはことばにはじまって、ことばにおわらざるをえないのである。

もとよりこれは立原道造の表現の特質をいうための誇張であって、現実には表現に先立って、表現されたとおりの体験があったかもしれない。むしろ、淋しさの体験がこの歌の表現を引き寄せたと考えるのが自然であろう。しかし、もし淋しさをうたうことで「我」を実現するという伝統的な短歌（和歌）表現の先蹤がなければ、この歌は成立しなかった。それどころか、「歌唱へば／淋しくもなる」というような体験がそのものとして成立したかどうかも疑わしい。すなわち、それは徹底して言語規範的な体験であったといってかまわないのである。そして、そのような言語規範が多少とも具体的な日常の体験にふれたとき、それが短歌という定型を踏みこえて一種の非定型詩へ、すなわち口語自由律短歌へ近づいたということも、ここで記憶しておいてよいことだと思われる。立原道造はこのあと次第に口語自由律の短歌に傾斜し、それはやがて口語自由律の詩に行きつくことになるのだが、その出発点は疑いもなくこの（c）の歌にあったからである。

それではなぜ立原は文語定型の短歌から口語自由律の短歌へと移行したのであろうか。その背景に、大正末期ごろから顕著になりはじめた歌壇における口語自由律の運動があったことは否めないが、それ以上に、詩人のうちなる感情の幅員が文語定型の枠内におさまりきらなくなったためだと考えられる。もっともこれはあとから振り返った結果論であって、詩人に新しい形式を選ばせたのは、ちょっとした思いつきや好奇心にすぎなかったということも当然可能である。文語定型から口語自由律への移行とはいっても、彼はまだ方法的に確立されていない初心者であり、初心者における形式の選択ほどあてにならないものはない。その日のちょっとした気分の変化や、友人や教師に対するスノビズムが百八十度の転換をもたらしたとしても少しも不思議はないのである。

ただ、その場合に忘れてならないのは、その気分の変化自体が多分に形式的なものであり、移行に先立って彼の内部に新しい形式の規範が準備されていなければならないという事実である。この新しい規範をつくりあげたものこそ、当時における口語自由律短歌の提唱と実践であり、彼の気分をそちらへ向けさせたものは、文語定型に対する何がなしの違和感であったといえば、いくらが実情に近いであろう。すなわち短歌という形式は、次第に彼の身の丈に合わなくなってきていたのである。

この場合、立原の詩意識は、短歌形式そのものをのりこえて自己表現を貫徹するという方向には進まなかった。後年、西欧詩のソネット形式を踏襲した際にもいえることだが、彼はつねに規範を規範として受けいれたうえで、その形式に身を添わせようとする。したがってそれは詩法上の、あるいは詩形式上の移行というより、言語規範上の移行といってよいものである。いいかえれば立原は、文語定型という規範のかわりに口語自由律という規範を選んだのであって、古い形式を捨てたのでもなければ、新しい形式をつくりだしたのでもなかった。形式などというものは他人がつくればいいものであって、それは彼の仕事ではなかった。というより、他人がつくった形式に寄りそって、そのなかで精いっぱいの自己表現をはかることが、彼にとって唯一の表現の形式だったのである。

このことは立原道造が詩の形式というものにことのほか敏感な詩人であったことを示しているが、一方では形式以前に表現すべき自己というものをほとんど持たなかったことを物語っている。つまり、彼にとって形式をもたない表現は詩ではなかったし、詩に表現できないような自己などというものには何ほどの価値も見出せなかったのである。それはおそらく詩の形式の問題を越えて、詩の方法の問題に、すなわち立原道造の詩人としての生き方の問題に属している。そして、この最初の形式的移行の背景には、そのような詩人の生き方が微妙に影を落としている。

5

ところで、立原道造が新しく選んだ口語自由律短歌とは、およそ次のようなものであった。これは昭和四年（一九二九）十一月刊の『学友会誌』第五十三号に投稿したもので、さきの「硝子窓から」の約半年後に書かれている。なお、この年九月、立原は府立三中の国語教師で『多磨』派の歌人でもあった橘宗利にともなわれて、世田谷若林に北原白秋をたずねている。《帰途立原の感激と昂奮に輝いていた顔は今もよく思い出せる。それは只一度切りの、しかもまだ寡黙の一少年だったから、白秋氏に才を認めてもらう域に至っていなかったのは惜しかった》（橘宗利「立原の思い出」）。

このことがあってから、道造の短歌はにわかに白秋調を帯びたものになっていくのだが、一方で彼は反『明星』派の歌誌『詩歌』をおこした前田夕暮の歌をよく読んでおり、この二つの言語規範のあいだで激しく揺れうごいていた。次に掲げる歌稿群は、そうした試行錯誤の過程でつくられたものである。

原稿を書き乍ら、
蟬を窓にきいて居る、
秋晴れの日だ。（a）

交番の中で
巡査が欠伸した。
息が、白く消える雨降りだ。（b）

生といふが
それさへ今は一瞬の前のことです。
これが死なのか。（c）

鍬で、畑を、
アノンアノンと打つといふ。
日が西に廻りかげがのびてる。（d）

一匹では淋しくないか
垣の上に、
ぢつととんぼがとまつてゐるが。（e）

このような破調の歌は、一方に破調そのものを理念とするような規範がなければ、初心者には絶対に書けないものである。

たとえば（a）の歌の表出をささえているのは、秋晴れの日に蟬の声を聞きながら原稿を書いている自分に対するささやかなナルシシズムを別にすれば、ただごとをただごとのまま投げ出すのが新しい短歌の書き方なのだとする口語自由律運動の理念と、その理念によって文語定型を裏切ることにともなう快感のようなものだといってよい。そして、それはいくぶんかは自己破壊の快感にも通じていただろう。このような安全な場所に身を置いている限り、文語定型のなかで目ざめかけた「我」が、体験と表出のあいだで宙吊りになる不安だけは避けられる。しかもその「我」がただごと以上の何物をも表現していないという表現者としての罪悪感は、方法上の革薪という衣裳によって救済される。人はモダニズムを何か深遠な哲学をもった方法のように思いこんでいるらしいが、少なくとも文学の問題に限っていえば、それはこうした表現者の罪悪感を無傷のまま救済する一種の装置のようなものにすぎない。日本のモダニズムが軍国主義の発展強化の時期に生まれてきたのは、決して偶然ではないのである。

それはともかく、立原道造が物を書きはじめて間もない時期に、こうしたモダニズムの方法を形式の面から学んだことは、それ以後の彼の詩に決定的な影響を及ぼさずにはおかなかった。詩人立原道造は、一度もモダニストであったことはなかったが、しかし彼の詩は疑いもなくモダニズムのヴァリエーションの一つとなったのである。

（b）の歌についても、ほぼ同じことがいえるだろう。交番の巡査があくびをしたら、その息が白く雨のなかに消えたという形象は、どちらかといえば俳句的なものだが、ここでも詩人の表出をささえているのは、それが従来の短歌にはない新しいイメージだという一種の方法的選良意識のようなものであって、やむにやまれぬ表現衝動といったものではない。むしろ表現したいものが何もないということが、このような奇怪な表現を生みだしたのだといえる。

もとよりこうした方法的スノビズムと表現衝動を区別することは、とくに詩人の習作期においては無意味なことに違いない。そこでは自己顕示の欲求が容易に表現衝動たりうるし、フロイト学派によれば、表現そのものがすでに性的な顕示欲のあらわれなのだ。しかし、それならばここに顕示すべき自己があるかといえば、それは見事なまでに欠けている。これを一場の叙景歌としてみれば、その風景を見ている作者の視点がないわけではないのだが、この視点はいささかも表現の主格たりえていない。これはまさに非人称の詩であって、この詩の非人称性をつくりだしているのは、モダニズムという表現の装置なのである。

それにくらべれば（c）の歌はまだしも表現の必然性を感じさせるといってよい。死んだばかりの死者にわが身をなぞらえて「これが死なのか」と自問する結構に規範的な先例があるのかどうか、私にはわからないが、モダニズムが装置として機能するのは、まさにこのような場面であろうと思われる。しかし、これもたとえばSF小説のオープニング・シーンとしてはおもしろいかもしれないが、短歌としてはたんなる思いつきの域を出ていない。詩は思いつきであっていっこうにかまわないが、思いつき自体は詩ではないのである。

（c）が結構のおもしろさで成り立った短歌であるとすれば、（d）は「アノンアノン」という擬音語の効果に頼った作品である。これはおそらく小説の一場面か何かからヒントを得た作品であって、およそ独立した表現としての実質を欠いているが、「日が西に廻りかげがのびてる」という具体的な叙述によって、わずかに訴えかけるものを持っている。

それよりもここで注意したいのは「かげがのびてる」という舌足らずの用語法である。定型詩の用語法からすれば、ここは当然「のびてゐる」となるべきところで、そうしたからといって口語自由律でなくなるというものではない。それをわざわざ「のびてる」と舌足らずに表現したのは、七五調の定型を故意にくずし、口語らしさをいっそう強調するためであったに違いない。「影」をわざわざ「かげ」と平仮名で表記したことも含めて、ここには立原少年の精いっぱいの方法意識があらわれているが、その努力はまったく無効であったといわねばならない。ただ「のびてゐる」をあえて「のびてる」と表現したとき、彼は少なくとも啄木短歌の呪縛からだけは解放されたのだといえる。

さて（e）の歌は、これらすべての問題をかかえながら、このモダニズムの少年歌人が行きついたはてを示している。垣の上にとまっているとんぼに向かって「一匹では淋しくないか」と問いかけるのは、おそらく詩の発生とともにはじまる永遠の対自の構造であって、とても技法などと呼べるしろものではないのだが、それをいかにも凡庸なモダニズムの世界に移しかえたところに、この歌の凡庸ならざる意味がある。モダニストは決してこういう歌を認めようとはしないだろうが、しかしモダニズムの技法がそれ自体で一種の規範になってしまえば、あとはこのような規範的な表現に行きつかざるをえない。そこでモダニズムという発語の装置は、ちょうど巡査の白い息が雨のなかに消えていくように、表現者の「我」を消去する。それもまた一つの表現には違いないが、しかしそれは表現者不在の表現であり、その表現は虚無をしか生み出さないだろう。

立原道造はおそらくその鋭敏な感受性によって、いちはやくこの虚無に気づいていたに違いない。だから彼は安んじて古い規範に身をゆだねることができたのである。そしてそのとき立原道造における歌のわかれは、もはや決定的な段階に達していた。彼はこのあともしばらく口語自由律短歌を書きつづけるが、それはすでに短歌というより短歌的な詩と呼ぶにふさわしいものであった。たとえば昭和七年（一九三二）三月の『詩歌』（第一三巻第三号）には、次のような作品が掲載されている。

胸にゐる擽ったい僕のこほろぎよ、冬が来たのにまだお前は翅を震はす！（a）

忘れてゐたいろ〳〵な言葉、ホウレン草だのポンポンだの——思ひ出すと楽しくなる（b）

日の暮れの青空が室に忍びこんでゐた、遠い何かを思ひ出させて（c）

昔の夢と思ひ出を頭の中の青いランプが照してゐる、ひとりぼっちの夜更（d）

貝殻みたいな朝だな、明るい窓際で林檎を僕はかぢつてゐる（e）

前述したように『詩歌』は反『明星』派の旗じるしを掲げた前田夕暮の短歌結社「白日社」の機

関誌で、昭和三年（一九二八）ごろから旧来の自然主義的定型を排して次第にモダニズムに依拠した口語自由律短歌に転じ、以来昭和初年代を通じてその運動の中心勢力となった。立原道造（筆名・三木祥彦）が同誌に参加したのは昭和六年（一九三一）七月号からで、翌七年六月号まで毎月のように会員投稿欄、新人作品欄に作品を発表している。三行分かち書きが一行書きになったのは同誌の表記法に従ったためだと思われるが、そのことが逆に形式の可変性を彼に思い知らせ、のちに短歌から詩への移行を容易ならしめたとも考えられる。

さて、これらの作品があきらかにしているのは、すでに定型の枠組みに収まりきらなくなった詩意識が、なお短歌という規範にしがみついて形式と表現のあいだであやうくバランスを保っているといった表現の位相である。形式といえば、口語自由律短歌そのものが文語定型を規範としつつ、それへの反撥と親和のバランスの上に成立したあやうい形式だといえるが、立原道造のあやうさは、短歌的な表現形式そのものを突きぬけようとする、より本質的なあやうさである。

たとえば（a）の歌において、「胸にゐる擽つたい僕のこほろぎ」という比喩は、前述したように堀辰雄の詩「僕の骨にとまつてゐる／小鳥よ　肺結核よ……」を下敷きにしているが、本歌が短歌ではなく詩であることも含めて、この「僕」は、短歌的な「我」とはおよそ異質な表情をもっている。短歌的な規範においては、「我」はそのまま「こほろぎ」でなければならないのだが、ここでは「僕」はたんなる所有格であって「こほろぎ」そのものではない。このことは、さきにあげたとんぼの歌の「一匹では淋しくないか」の「一匹」が、とんぼにして同時に「我」でもあるような構造と比べてみればあきらかであって、同じ対自の場面ではあっても、視点の置きどころがまるで違ってしまっている。つまり、ここで冬が来たのにまだ翅を震わせている「お前」とは「僕」のことではなく、あくまで「僕のこほろぎ」なのである。このような屈折した対自の構造が従来の短歌の規範からはみだしたものであることは、あらためて説明するまでもないだろう。

また（b）の歌で「忘れてゐたいろ〳〵な言葉」として「ホウレン草だのポンポンだの」をあげ、それらを「思ひ出すと楽しくなる」という叙述の形式は、ホウレン草やポンポンや「だの」といった言葉の質感の問題を別にしても、すでに短歌の形式を突きぬけてしまっている。意味の展開だけに限ってみても、それは一行や三行で書かれるべき世界ではなく、言葉の数に見合った行数と、その展開に見合った行間を必要としている。

同じことは（c）や（d）のような、一見いかにも短歌的な構造をもった作品についてもいえるだろう。ここでその叙景や内視を成立させているのは、短歌的な「我」の意識ではなくいわば一種の詩的な比喩のエクリチュールといったものである。（e）の「僕」が、かつて窓辺に立って大声で歌をうたいながら「何がなしには淋しくもなる」と表白していた、あの短歌規範のなかの「我」でないことはいうまでもない。

ともかくもこうして歌のわかれを経験した立原道造が、口語自由律の歌人から口語自由詩の詩人へと移行するのは、もはや時間の問題である。

第二章　暁と夕の間——立原道造の成立

1

立原道造には第一詩集『萱草に寄す』（一九三七年七月）の刊行に先立って三冊の手書き詩集がある。活字や謄写による印刷を予定したものではなく、一字ずつ丹念に手書きし、装幀にもくふうを凝らした文字通りの私家製本で、発行部数一部の超限定版詩集と考えてよいものである。そしてあらゆる初期詩篇が形態的には自分のノートから別の紙の上に移しかえられたときに成立することを考えれば、これはまさしく立原道造の処女詩集であるといってさしつかえない。ただ、それらは最初からごく限られた読者をしか予想していないという意味で、不特定多数の読者を対象とする一般の詩集とは、おのずから性格を異にしている。したがって、その性格の特異性を追尋していけば、われわれは立原道造の詩のはじまりに立ち会うことができるだろう。

三冊のうち最初のものは、昭和七年（一九三二）九月ごろの制作と推定される『さふらん』である。当時の立原は一高の二年生（十九歳）で、文芸部委員として校友会雑誌の編集にたずさわる一方、前述したように前田夕暮主宰の歌誌『詩歌』の会員として三木祥彦の筆名でしきりに口語自由律短歌を書いていた。最初の物語「あひみてののちの」を校友会雑誌に発表したのは、その前年の九月である。一般的にいえば、多感なだけが取柄の文学少年がいくらか方法意識に目ざめて自己表現のかたちを模索しはじめた時期だといえるだろう。そしてその模索が詩という表現形式にいきついたということが、ここでは重要である。

さて『さふらん』所収の詩は十二篇。いずれも四行詩(カトラン)で、しかもそのうちの五篇は『詩歌』に発表した口語短歌をほとんどそのまま四行に分かち書きしただけのものである。いいかえれば、中学時代につくっていた三行分かち書きの短歌が四行に移行しただけだといってよいのだが、そこには飛躍的な方法意識の転換が秘められていた。すなわち、立原道造にとってもその読者にとっても、三行詩は短歌だが、四行詩は詩であってそれ以外の何物でもないのである。とりあえず実例をあげておこう。

忘れてゐたいろ〳〵な言葉、ホウレン草だのポンポンだの——思ひ出すと楽しくなる(『詩歌』第一三巻第三号)

忘れてゐた
いろいろな単語
ホウレン草だのポンポンだの

思ひ出すと楽しくなる

*

胸にゐる擽つたい僕のこほろぎよ、　冬が来たのにまだお前は翅を震はす！（同前）

胸にゐる
擽ったい僕のこほろぎよ
冬が来たのに　まだ
おまへは翅を震はす

*

長いまつげのかげに女は泣いてゐた——影法師のやうな汽笛は遠く（上海特急）（同一三—六）

長いまつげのかげ
をんなは泣いてゐた
影法師のやうな

汽笛はとほく

＊

昔の夢と思ひ出を頭の中の青いランプが照してゐる、ひとりぼつちの夜更（同一三―三）

昔の夢と思ひ出を
頭のなかの
青いランプが照してゐる
ひとりぼつちの夜更け

＊

行くての道、ばらばらとなり。月、しののめに、青いばかり（同一三―五）

ゆくての道
ばらばらとなり
月　しののめに

念のためにいっておけば『詩歌』第一三巻は昭和七年（一九三二）に対応し、号数はそのまま月に重なる。したがって「忘れてゐた」の歌は昭和七年三月号に発表されたもので、四行詩の制作時期とのあいだに約半年のずれがあると考えられる。同じく「長いまつげのかげ」は同年六月号に掲載されたものだから、四行詩になるまでに約三か月を要したことになるが、ずれの期間そのものにさしたる意味はないだろう。われわれはただ、立原道造が一冊の手書き詩集を編むに際して、過去半年間の短歌作品に材をとった――すなわち短歌と詩とがほぼ同時併行的に進行していたのだということを記憶しておけば足りる。そしてこの方法的な移行が、きわめて短期間のうちに、しかも自覚的におこなわれたということが重要である。

たとえば「忘れてゐた」という短歌の四行詩への移行に際して変化したのは、「いろ〳〵な言葉」→「いろいろな単語」、「ホウレン草だのポンポンだの――思ひ出すと」→「ホウレン草だのポンポンだの／思ひ出すと」といった用字法や詩語の一部の改廃にとどまらない。用字用語とともに、詩の置かれている意味場が一変している。

一行書きの短歌において「忘れていたいろ〳〵な言葉、ホウレン草だのポンポンだの」といえば、「忘れていた」と「いろ〳〵な」は、それぞれ「言葉」にかかる形容詞であり、さらに「ホウレン草だのポンポンだの」は、その忘れられた言葉の内容、というより実例を意味するにすぎない。もとよりこの短歌のおもしろみは、「ホウレン草だのポンポンだの」といった通俗表現と通俗語の組合せにあって、それを思い出すと楽しくなるという文意にあるわけではないが、ただごとを述べて非現実の世界を招来するという短歌規範の長所——つまり意味と韻律の相乗作用を意図的に排除してしまっているために、結局のところ、ただごとをただごととして表現したにとどまっている。

逆にいえば立原は観念や余情を排して日常を即物的に表現せよという口語自由律短歌運動の理念(それもまた一種の観念であることに変わりはない)に忠実なあまり、詩の成立すべき意味場そのものを破壊してしまっている、あるいは従来の短歌規範の意味場を破壊するのに性急なあまり、口語自由律短歌の理念をしか表現しえていない。いずれにしろここにあるのは、自分が忘れていたいたいろいろな言葉、つまりリホウレン草だのポンポンだのを思い出すと(自分は)楽しくなる、それをそのまま表現したこの短歌は、どうだ新しいだろう——というような自意識の動きだけで、その自意識はなお詩意識として対象化されてはいない。

しかし、同じ言葉を四行分かち書きにして詩として提出したとき(より正確には、それを四行の詩に書き直してみようと思いたったとき)、その意識に重大な変化が生じた。たとえば「忘れてゐた/いろいろな単語」という冒頭二行の関係である。これを「忘れてゐたいろ〳〵な言葉」というように一行に書きおろせば、それは要するにひとつながりの(したがってひといきの)フレーズであって、そこに「忘れてゐた」という意味の独自性は見えてこない。つまりそれはあくまで「(いろ〳〵な)言葉」にかかる一個の修飾語であるにとどまり、詩(の一行)として独立したイメージを形成しえない。

この場合、「いろ〳〵な言葉」のあとに読点が打たれているのは意味深長である。これはもちろんひとつには「いろ〳〵な言葉」——たとえば「ホウレン草だのポンポンだの」という部分的な等格等置をあらわすためのもので、欧文ならコロンないしセミコロンにあたるのだが、それと同時に、あるいはそれ以上に、短歌的な音数律の切れ目をあらわしているだろう。いいかえれば作者はここで読者に対して息つぎを強要しているわけで、それはそのまま詩としての意味の断絶につながっているはずである。

　ところが、それを二つに分けて詩の冒頭に置けば「忘れてゐた」はたちまち一個の詩行として独立し、いつ・どこで・だれが・なぜ・どのようにといった問いを読者のうちに醸成せずにはいない。そしてこの問いはそのまま「いろいろな単語」という第二行に流れこみ、それではその単語とはなにか、だれが、いつ、どこで、なぜ、どのようにそれを忘れたのかという疑問の雲のかがやきに包まれて言葉たちを発光させる。つまり、この第二行もまた詩としての独立性を獲得するのである。ちなみに、ここで「言葉」が「単語」と置き換えられているのは、作者の意識のうちで「言葉」の内容をさらに特定する必要があったのと、たとえ意味をせまく特定しても詩語としてのかがやきを失うことはないという自信があったからだと考えられる。

　こうして次の三行目において、その「単語」の内容が説明される。それは「ホウレン草」であり「ポンポン」であり、その他のあらゆる物の名前でありうる。「だの」という言葉はほんらい助動詞「だ」と助詞「の」がくっついてできた並例を意味する連語で、その上にくる体言や形容詞の語幹をあいまいに特定するだけの機能しかもたないが、このような詩の三行目に置かれると、前後の詩句の意味と呼応して、にわかに生彩を帯びてくる。そしてそれはいうまでもなく第一行の動詞「忘れる」が要請し、第二行の目的語「単語」が第二、三行目の行間に放置してきた目的格の助詞「を」をも密かに孕んでいるだろう。つまり短歌における苦しい転換のダッシュ「——」が、詩においては行間の無化作用によって解消されているわけで、このダッシュの消滅ひとつをとってみても、これがすでに短歌ではなく詩の世界であることがわかるはずである。

　誤解をおそれずにいっておけば、立原道造はここで一行の口語自由律短歌を四行の詩に改作したのではなく、ほんらい詩でしかありえないものを一行の短歌におしこめ、のちにそれに気づいて改めて四行の詩に仕立て直したのだ。そう考えるのでなければ、これだけつまらない短歌を書いていた人間が、短時日のうちにすぐれた抒情詩人に変身したことの意味はわからない。もとより私はこれをすぐれた詩だというつもりはないが、少なくとも一人の抒情詩人の出立を告げる詩ではありうるだろう。そしてその詩が弱年の短歌表現のなかに萠芽として含まれていたことは何度でも繰り返していいことだと思われる。なぜならば立原道造は昭和十年（一九三五）三月（推定）の日記に、丸山薫の詩にふれて次のように書いているからである。

> 丸山薫の職業の秘密——詩人は現実からとほくにゐること、即、現実・小説・伝記詩人といふ関係。帆・ランプ・鷗は海の生活の結果でなくて、スティヴンソンの「宝島」とコンラッドの「青春」の生活の結果。現実は複雑すぎるのだ。短歌は短い形式のためその動機に於て既にあきらめて現実を大ざつぱにつかむ。小説は現実の複雑さにつれて変化する。詩はその中間にあつて、そのリズムある形式のために苦しむ。

立原が私的に書いた文章の例にもれず、これもたいへん意味のたどりにくい文章だが、それだけにかえってその現実感の稀薄さのようなものはよくわかる。ここでいわれていることは要するに、丸山薫の成功の秘密はその現実体験にではなくむしろ非現実体験にあり、詩は現実の複雑さを切り捨てたところで成立するというものであって、これはさきにみたトニオ・クレエゲルの「芸術家の生活」とそっくり同じである。そこから短歌、小説、詩という三つの表現形式の現実との関係による比較論が引き出されてくるのだが、ここで「短歌は短い形式のためその動機に於て既にあきらめて現実を大ざつぱにつかむ」といわれていることは注意されていい。

これは、よくいわれるように短歌がその形式的な制約のために現実を大ざっぱにしかつかみえないというようなことではなく、むしろ逆に、その短い形式ゆえに現実から自立することがむずかしく、どうしても現実を反映してしまう、そしてその現実はどうしようもなく大ざっぱなものでしかない――というように解すべきである。そうでなければ「その動機に於て既にあきらめて」という条件節は意味をなさないし、だいいち前段で丸山薫の現実からの遠さを称揚したことと結びつかない。したがって次の「小説は現実の複雑さにつれて変化する」というのは、当然その文学形式上の欠陥をいったものであり、「詩はその中間にあつて」云々というのは、詩は形式的には短歌と小説の中間にあって現実から遠去かることはできるが、ただ短歌でも小説でもないそのリズムをつくりあげるのに苦労する、というのである。

この三者比較論は、もとより年齢相応に幼いものであって、今日の文芸理論の常識からすれば容易に否定されなければならないが、ただ立原道造が詩人としての出発にあたって、これだけの方法的な準備をもっていたという事実だけは否定しようがない。つまり立原にとってもまた、文学は対現実との関係が生み出した詩意識の産物にほかならなかったのだが、ただその詩意識は現実の大ざっぱな反映や余波ではなく、あくまで自立した一個の形式であることを望んだのである。そしてその形式的な完成のためには、現実から離れて「とほくにゐること」が必要であり、それが必然的に詩人を短歌から詩に招きよせたのだということができる。プロレタリア文芸の勃興期において、何が彼をそうさせたかを見るためには、あらためて一章を設けなければならないが、ともかくもこうして石川啄木の不肖の後輩たる一人の少年歌人は白面の抒情詩人に変身をとげたのであり、しかもその変身はきわめて意識的に、口語自由律短歌のうちに準備されていたのである。

「胸にゐる」の短歌と詩についても同じことがいえるだろう。ここで変化しているのは、中五音のあとの読点が前作と同じ理由でとれていることを除けば、「冬が来た」と「まだ」のあいだに一字分の空白が置かれ、「お前」が「おまへ」と表記が変わり、最後の感嘆符がなくなっていることだけだが、変化はもちろんそれだけにとどまらない。いちばん見やすいところでは、まず詩のリズムが変わっている。

短歌においては、もはや字余りともいえないほどの徹底的な七五定型律の破壊にもかかわらず、いわば読者のうちなる定型への郷愁と、作者が仕かけた一個の読点の働きによって「胸にゐる・擽つたい僕の・こほろぎよ／冬が来たのに・まだお前は・翅を震はす!」というように、途中で何度かつかえながらも、大ざっぱにいえばふた息で読まされてしまうのに対し、詩においては少なくとも各行一度都合四度の、人によっては「冬が来たのに」のあとの空白を含めて五度以上の息つぎを余儀なくされる。その息つぎの回数がふえたぶんだけ、言葉の流露感は失われているといってよいが、逆にちょうどそのぶんだけ、「こほろぎ」というキイワードの像的な喚起力がつよまっている。

このあたりの判断は、結局のところ読者の主観にゆだねるほかはないのだが、私個人の判断では、短歌は要するに思いつきのおもしろさをねらった底の浅い作品でしかないが、詩は一種の象徴的な寓意の詩として、立原の初期詩篇のなかではもっともよくまとまっている。それはおそらく、さきほどのリズム感の問題と密接にかかわっていて、短歌形式のなかでは、その韻律がいわゆる短歌的抒情の規範と相まって、胸を病む作者の嗟嘆という（仮構の）現実をおびきよせてしまうのに対し、それが四行に分かち書きされると、流露感が分断され平面化されたぶんだけ規範の呪縛力が薄れ、音楽にかわってイメージが前面に押し出されてくるためだと考えられる。そこでは「僕のこほろぎよ」という短歌的な規範に固有な詠嘆の私有性が一般化され、像としての普遍性を獲得するように感じられる。

いいかえれば、短歌の「僕」はどこまでいっても立原道造個人だが、詩のなかの「僕」はいわば非人称の代名詞であり、そのことが逆にこの詩のイメージ喚起力を高めていると思われる。もとよりこれは便宜的な対比であって、詠嘆の私有性が前面に出てしかも普遍的なイメージ喚起力をもった表現というものも当然考えられるわけだが、こと立原道造に関していえば、表現がある水準に達するためには、どこかで現実の固有性が断ち切られる必要があった。断ち切られて初めてそれは、一個の新しい現実として再生することが可能であり、それが立原にとって詩を書くということの意味であった。その意味では、短歌は現実を大ざっぱにつかんでしまうが、詩は現実から遠く離れた表現形式だという判断は、少なくとも立原にとっては有効だったということができる。

ところで、この短歌（詩）が堀辰雄の詩、

僕の骨にとまつてゐる
小鳥よ肺結核よ……

（「病」）

を踏まえていることはよく知られている。角川版全集の年譜によれば、立原が初めて肋膜炎と診断されたのは、これから五年後の昭和十二年（一九三七）十月上旬のことだが、彼は生来蒲柳の質で、十六歳のときに神経衰弱のために一学期間休学するなど、体内に病いという名の「こほろぎ」を飼っていた。また、堀辰雄は府立三中の先輩で、立原とは前年の秋ごろから面識があったらしい。そして、この詩を併載した堀の最初の小説集『不器用な天使』が世に出たのは前々年、すなわち昭和五年（一九三〇）のことだから、立原がこの詩（短歌）の制作に先立って堀の詩を読んでいた可能性はきわめて高いわけである。

したがってそれは丸山薫におけるスティヴンソンの『宝島』やコンラッドの『青春』に対応しているといっていいのだが、しかし、その技芸的なあらわれは、ずいぶんと違ったものになっている。つまり堀辰雄の「小鳥」はどこまでいっても結核の比喩でしかありえないが、立原道造の「こほろぎ」は必ずしも病気のことではない。それは単純に青春といったものであるかもしれないし、ひょっとすると性欲の暗喩であるかもしれない。また思想とか観念といったものでもありうるし、もちろん肋膜のことであっても少しもかまわない。要するにこれは修辞のための修辞であって、それに対応すべき現実などというものは、どこにも用意されてはいないのである。いま結論を先にいえば、立原道造が詩人としての出発にあたって採用した方法は、このように現実との対応を欠いた曖昧な修辞であった。そしてそれを彼は堀辰雄に代表される同時代詩人の作品から、つまりその「芸術家の生活」から学んだのである。

これにくらべれば、次の「上海特急」は、まだしもいくらか現実との対応関係をもっているといえる。このような具体的な情景描写は、いずれにしろ具体的な体験を前提にしなければ出てこないものである。しかし、「上海特急」が当時評判になったアメリカ映画の題名であることを知っていれば、その情景が映画のなかの一場面にすぎないことは、容易に予想されるだろう。すなわち、ここでもまた立原道造は、他人によって作品化された現実をしか見ていないのである。このような現実対応性の欠除――というより現実の仮構化は、その後の詩人の生涯をつらぬく赤糸となるものであり、われわれはやがて立原がおのれの恋愛体験をさえも仮構化してしまうのに立ち会うことになるのだが、ここではただ、それがいちはやく初期詩篇のうちに胚胎していたことを確認しておけば十分である。

ところで、それならばなぜ立原は、最初の詩型として四行詩を選んだのであろうか。これは彼がなぜ口語自由律短歌を書いたのかということと同じく、問うてみても詮ない問題だが、その条件のひとつとして同年八月一日付けで刊行された三好達治の詩集『南窗集』を挙げるのが近代文学史の定説である。たしかに立原は同月二十四日付け高尾亮一宛ての書簡で、堀辰雄の『麦藁帽子』とともにこの詩集の名を挙げ次のように書いている。

すつかり、三好達治のフアンになつちやつた！ 僕のすきな、この国の詩人……竹中郁、阪本越郎、三好達治。もつとおとなでは、……佐藤春夫、室生犀星、萩原朔太郎。

この書簡の日付けと詩集の制作時期を見るかぎりでは、立原が三好達治の四行詩を読んで自分も四行詩を書いてみようと思い立った可能性はきわめて高い。しかし、角川版全集第二巻所収の「前期草稿詩篇」を見ると、『さふらん』制作以前にもかなりの数の四行詩が書かれているから、いちがいにそうとばかりはいいきれない。おそらく手さぐり状態で四行の詩を試作しているところへ三好達治の作品にぶつかり、そのできばえに感心すると同時に方法的な勇気を与えられたというのが実情に近いだろう。いずれにしろ、このことは彼が資質的に短詩型の抒情詩人であったことを物語っている。

2

さて、立原道造の二つ目の手書き詩集『日曜日』は、翌昭和八年（一九三三）五月ごろの制作と推定される。この年、立原は二十歳。一高の最上級生で、同じ五月には堀辰雄の主宰する季刊文芸雑誌『四季』（第一次）が創刊されている。詩集の名は、立原が前々年に一高に入学して以来一年間、寮生活を送っていたころ、日曜日ごとに家に帰ることを楽しみにしていたことにちなんだもので、母堂に献じられている。収めるところは跋を含めて十一篇。詩型は一行の詩から全七行の散文詩までバラエティに富んでいるが、『さふらん』にくらべると全体に自在感と流露感が増し、格段に完成度が高まっている。なかでも「唄」はこの時期の代表作といっていいだろう。

裸の小鳥と月あかり
郵便切手とうろこ雲
引出しの中にかたつむり
影の上にはふうりんさう

太陽と彼の帆前船
黒ん坊と彼の洋燈
昔の絵の中に薔薇の花

僕は　ひとりで
夜が　ひろがる

この時期の立原は古書収集に興味をもち、友人の杉浦明平らとともに古本屋をめぐり歩いておびただしい文学書を買い漁っている。とくに大正期の詩書が多く、その数は百六十冊余に及んだという。またこの前後の日記や書簡にはしばしばランボー、ルナール、ジャム、コクトー、ラディゲといった西欧近代の詩人の名が出てくる。それはいわば立原の修業時代であり、ここにはそうした先輩詩人からの影響と摂取のあとが顕著にあらわれているといっていいが、しかし、それをいちいち検証することに何ほどの意味もないだろう。どの時代のどの詩人も、前代と同時代の言語規範から何かを借りることなしには一行の自己表現もなしえなかったし、詩人たちの貸借対照表をつくることと一篇の詩を読むこととのあいだには、本質的にはなんの関係もないからである。したがって重要なのは、彼がそこから何を借りたかではなく、どのように借りたかであるといってよいが、ここでの立原道造は一人のモダニストとして同時代の詩の規範を借用している。

見ればわかるように、この詩は自分が一人で夜のなかにいるという以外には、意味としては何事も表現していない。しかもその意味は、詩の前提や動機となるような性質のものではなく、一篇の詩の結構を支えるために、事後的に付け加えられた気配が濃厚である。いいかえればこの詩は、裸の小鳥と月あかり、郵便切手とうろこ雲といった一見無関係な言葉を強引に結合することによって新しい意味場を創出しようという方法意識が先にあり、その言語の自転運動が収束したときに、いわば着地のための足がかりとして「僕」という発語の主体が持ち出されているので、意味は目ざされたものというよりむしろ方法的な挫折の産物であり、非人称のアリバイといったものにすぎない。

このような無意味の方法化を仮りにモダニズムの手法と名づけるなら、立原道造が同時代の詩から学んだのは何よりもこうした手法であり、その前提となった、それなりに切実な対現実意識のほうではなかったといわねばならない。そして皮肉な言い方をすれば、同時代の言語規範から手法しか学ばなかったというところに、彼のすぐれて個性的な同時代意識があらわれているといえる。つまり、立原にとって詩を書くことは、一義的にはある詩の形式を選びとるということであって、その形式のなかにどんな内容を盛りこむかということではなかった。というより、ある形式のなかに盛りこめないような内容などというものは、もともと詩ではなかったのである。それがどこからきたかをいうためには、さらに新たな一章を設けなければならないが、いま結論だけをいっておけば、それは同時代の苛酷な現実の方向から、つまり詩人立原道造の「暁と夕」のあいだからやってきた。そして彼に最も身近な規範であったモダニズム自体が、いわば現実の苛酷さの方法的な反映にすぎなかったのである。

とまれこうして一人の詩人の方法の基層が形成されたとき、それは隠された多くの表現を可能にしたが、一方ではより多くの表現の可能性を切り捨てることにもなったであろう。つまり、詩人が方法を選んだのではなく、方法が詩人を選んだのだといえるので、その意味では、立原道造は疑いもなく同時代の詩の方法に選び出された詩人であったということができる。

さらに、こういう作品がある。

この小さな駅で　鉄道の柵のまはりに

夕方がゐる　着いて僕はたそがれる
　だらう

……路の上にしづかな煙のにほひ

僕の一歩がそれをつきやぶる　森が見
　える畑に人がゐる
この村では鴉が鳴いてゐる

やがて僕は疲れた僕を固い平な黒い寝
　床に眠らせるだらう洋燈の明りに
　すぎた今日を思ひながら

（「旅行」）

ここには後年の立原の詩の特徴がすべて出そろっているといってよい。すなわち第一連の極端な省略法、第三連の「それ」という指示代名詞の曖昧さ、第四連に顕著な主格の分裂など、ひとことでいえば寺田透が「不正確な修辞法」と呼んだものが、この詩の骨格をつくっている。

以後六年間の立原の生涯は、もっぱらこの「不正確な修辞法」の洗練のために費されたといっていいのだが、はたしてそれは単なる修辞法なのだろうか。修辞法であるとして、それならそれはなぜ「不正確」なのか。この問いに正確に答えるためには、おそらく立原の全生涯を索引としなければならないが、この詩だけに即していえば、それは作者が正確には何も表現しようとしていないからである。つまり、正確には何も表現することがないということを正確に表現しようとすれば、それはどうしても不正確な表現たらざるをえず、そこではむしろ不正確であることこそが唯一正確な表現であるという逆説が成立するであろう。それはちょうど立原が前掲の詩において、無意味の方法化をめざして意味のない言葉を積み重ねながら、結局のところ意味を析出してしまったのに対応している。

いいかえれば、詩人はここで風景を描くふりをしながら実は風景の欠損を描いているので、この風景には現実対応性がないばかりか、およそつくられた風景としてのリアリティをさえ欠いている。そしてそのことが逆に読者に詩としての対応を強いてくるという構造になっている。当時の立原は、おそらくまだそれを自覚してはいなかった。自覚してはいなかったけれども、詩はおそらく彼の意企を越えてモダニズムの限界を打ち破り、それこそ立原道造の世界とでも呼ぶほかはない前人未踏の領域に踏みこんでしまっていた。そこで詩人はだれも聞いていないと知りながら、自分が見てきた風景を語りつづけるだろう。そしてわれわれはその風景がその詩のなかにしか存在しないことを、すなわち風景とはすでに詩そのものであって、それ以上のものでも以下のものでもないことを知るだろう。だが、それを見とどけるためには、われわれにはなおしばらくの時が必要である。

3

立原道造の三冊目の手書き詩集『散歩詩集』は、昭和八年（一九三三）十二月下旬に発行された。限定一部の手書き未綴本を「発行」と呼ぶわけは、立原自身が昭和九年一月四日付け杉浦明平宛て書簡に次のように書いているからである。

> 散歩詩集・立原道造第二詩集・（限定版）が昨年十二月下旬に発行されました。これの造本は略記次の通り。部数。一部。型。岩波文庫型。用紙。一枚漉鳥の子紙。本文はすべて六色刷。十五葉未綴。詩・五篇。挿絵・一枚を含む。畳紙は信濃産和紙。」
>
> ちやうどポケットにはいるくらゐで、これをこしらへるのはずゐぶんたのしかつた。御上京のときのおたのしみ。

神保光太郎が所蔵するというその現物を私は見ていないが、角川版全集第二巻の堀内達夫の編註によると、動詞や副詞は鼠色、名詞と形容詞は青、赤、緑、黄など七色の絵具で描き分けるというように、ずいぶん凝ったものであるらしい。こういうことは都会育ちの青年の手すさびとしてそれほど珍しいことではないかもしれないが、私のような野育ちの人間には、ちょっとつきあいかねる雰囲気である。後年の農民作家杉浦明平にとっても、おそらくそうであったに違いない。他人の思惑を無視して、こういうことをぬけぬけと手紙に書ける心性は、明らかに恵まれて育った都会人のものであり、それは当然にも立原道造の詩の性格を規定しているはずだが、ここではただ、立原がそれを「ずゐぶんたのしい」思いで制作したことを記憶しておけば足りる。立原にとって、詩を書くことはともかく、詩集をつくることは「おたのしみ」の部類に属することがらであり、その詩はこのようなナルシシズムを媒介にした交友関係の気圏内に成立するものであったからである。

ところで、さきの書簡には「詩・五篇」と記されており、『詩集』の二葉目にも目次として「散歩詩集／内容・見出し／魚の話／村の詩・朝・昼・夕／食後／日課／悲歌」と五篇の題名があげられているが、今日われわれが目にしうるテキストでは、なぜか「悲歌」の本文が欠落して全四篇になっている。これは要するに所蔵家における保存の問題なのか、それとも『詩集』自体が一種の未定稿だったのか、今後になお研究の余地が残されているが、いずれにしろそれは、この『詩集』の前段階的な性格を何よりも雄弁に物語っているといえよう。現にわれわれは立原のおびただしい前期草稿詩篇中に「悲歌」に相当すべきいくつかの詩篇を見出すことができるが、そのうちのどれをここに当てはめてみても、『詩集』全体の表現の水位は、上がりもしなければ下がりもしないのである。

その意味で、立原道造の第一詩集はあくまで『萱草に寄す』であり、『散歩詩集』を含む三冊の手書き詩集は、そこへたどりつくための三つの水路のようなものだと考えればいいのだが、ただそれらは詩集の成立に必要な最低の対他意識と構成を感じさせるという点で、他の草稿群やノートとは決定的に区別されなければならないだろう。つまり、もし詩人というものの出発を、自分の作品を媒介とした対他意識の発生に求めるなら、立原道造は疑いもなくこの時点で詩人として出発しており、以後の短い生涯は、その詩をめぐる対自と対他の軋轢のうちにすごされたといっていいのである。

それならば、そのときに芽ばえた対他意識とはどのようなものであったのか。われわれはいま作品の具体に即して語らなければならない。

或る魚はよいことをしたのでその天使がひとつの願をかなへさせて貰ふやうに神様と約束してゐたのである。

かはいさうに！その天使はずゐぶんのんきだつた。魚が死ぬまでそのことを忘れてゐたのである。魚は最後の望に光を食べたいと思つた、ずつと海の底にばかり生れてから住んでゐたし光といふ言葉だけ沈んだ帆前船や⚓からきいてそれをひどく欲しがつてゐたから。が、それは果されなかつたのである。

（「魚の話」前半、原型では冒頭の「或」が本文二倍大の文字で二行中央に置かれている）

こういう発想がどこから出てきたかをいうのは容易でない。それはグリム童話からきているかもしれないし、祖母の昔話にヒントを得たものかもしれない。あるいはどこかにこれに似た話があったのかもしれないし、作者の見た夢の一場面であるのかもしれない。それは問うても詮のないことがらである。

しかし、この夢のような物語が、当時立原が置かれていた時代閉塞の状況とどこかで密かに通底していたことだけはたしかだと思われる。誤解のないようにことわっておくが、彼の作品そのものが時代を寓意したり状況を反映したりしているというのではない。そうであれば、この詩はもう少し意味ありげに書かれていたであろうし、もう少し構成的に書かれていたに違いない。当時の立原がすでに相当のテクニシャンであったことは、これまでに見てきたとおりである。そうではなく、むしろこの詩が時代閉塞の現状をいささかも反映していないという、まさにそのことが、すぐれて状況的なものとして私の眼にはうつるのである。われわれはすでに立原の第二詩集『暁と夕の詩』に付された次のような覚書の一節を見てきたはずである。

失はれたものへの哀傷といひ、何かしら疲れた悲哀といひ、僕の住んでゐたのは、光と闇との中間であり、暁と夕の中間であつた。形ないものの、淡々しい、否定も肯定も中止された、ただ一面に影も光もない場所だつたのである。人間がそこでは金属となり結晶質となり、生きたる者と死したる者の中間者として漂ふ。

この覚書が書かれたのは、「魚の話」が書かれてからちょうど四年後の昭和十二年（一九三七）十二月ごろのことだが、しかし立原の「中間者」の悲哀は、すでにこの時点からはじまっていた。というより、やがて立原の詩の性格を規定することになる「中間者」の意識が、この物語詩の不思議な澄明感を保障しているといってよいので、それはいささかも時代状況のアレゴリーである必要はないのである。

ただ、立原のすべての詩がそうであるように、この作品もまた詩人＝中間者の不安な漂いの位相を、さながらアレゴリーであるかのごとくうつしださずにはいなかった。すなわち「ずつと海の底にばかり生れてから住んでゐた」世界とは、疑いもなくあの「ただ一面に影も光もない場所」のことであり、「最後の望に光を食べたいと思つた」魚とは、たんなる寓意以上の意味で詩人その人をさしているだろう。そのとき彼が「光といふ言葉だけ」を「沈んだ帆前船や錨」から聞いたというのは、なにやら暗示的である。さきほどからの比喩でいえば、立原道造に「光といふ言葉」を教えたのは、石川啄木と前田夕暮に代表される前代の言語規範にほかならないが、しかし、それはすでに沈んだ船や錨のようなものであり、いまの立原をみちびく力とはなりえない。けっきょく彼はみずからの望みを宿命という名の天使にゆだねざるをえないのだが、「かはいさうに！その天使はずゐぶんのんきだつた」ので、それは果たされなかったというのである。

この作品が孕んでいる問題は、しかし、そうした比喩やアレゴリーに解消して結着がつくようなものではない。むしろどんな比喩にもアレゴリーにもならないところに、立原道造に固有な詩の問題があったというべきだろう。第一の問題は、それがなぜこのような物語風散文詩として書かれたかということであり、第二の問題は、その物語詩はなぜこのような奇妙な文体を持っていたかということである。

立原にとって、物語は実は詩作に先行する形式であった。すなわち彼は昭和三年（一九二八）ごろから短歌をつくりはじめ、昭和四年（一九二九）ごろから次第に口語自由律短歌に移行しつつ短歌定型の規範を脱し、昭和七年（一九三二）にいたって初めて四行詩を書くのだが、その前年の昭和六年（一九三一）十月刊行の一高『校友会雑誌』第三三三号に、最初の物語「あひみてののちの」を発表している。これは作者を思わせる一人の青年と、彼をとりまく数人の少女たちとのひと夏の交歓をメルヘン風に描いた短篇で、一般には立原の処女小説ということになっているが、もとより小説としての展開や書きこみがあるわけではない。せいぜいのところ、ちょっとした筋のある心象スケッチといったもので、角川版全集がこれを第三巻「物語」のなかに入れているのは適切な処置だと思われる。いずれにしろ、立原の表現史のなかで、物語は短歌から詩にいたる過渡期な形式であり、「魚の話」が物語詩として書かれる形式的な必然性はあったということになる。とすれば、物語がなぜ物語詩に移行したのかということが新たな問題になってくるはずだが、その前に立原の表現形式史を年譜にそって見ておけば、それはざっと次のようなものである。

大正十五～昭和元年（一九二六）十三歳　戯作集「滑稽読本・第一」

昭和二年（一九二七）十四歳　戯曲「或る朝の出来事」

昭和三年（一九二八）十五歳　十二月ごろから短歌をつくりはじめる。

昭和四年（一九二九）十六歳　三行分かち書き定型短歌「硝子窓から」（三月）、口語自由律短歌十四

首を『学友会誌』に掲載（十一月）
昭和五年（一九三〇）十七歳　口語自由律短歌「鴉の卵抄㈠」（三月）
昭和六・年（一九三一）十八歳　口語自由律短歌「鴉の卵抄㈡」（三月）、前田夕暮の歌誌『詩歌』に参加（七月）、物語「あひみてののちの」（十月）
昭和三年（一九二八）十九歳　ローマ字による口語自由律短歌「Uta」（二月）、物語「眠つてゐる男」（二月）、四行詩の手書き詩集『さふらん』（九月）
昭和七年（一九三二）二十歳　手書き詩集『日曜日』（五月）、短篇小説「短篇二つ」（六月）、物語「手紙」（十一月）、手書き詩集『散歩詩集』（十二月）

ごく大雑把にいえば、立原の表現活動は久松小学校六年のときの戯作（！）にはじまり、府立三中への進学と同時に短歌を書きはじめ、やがて三行分かち書き短歌をへて口語自由律短歌に移行、これがだいたい一高時代の前半までつづくが、一高一年の秋に物語「あひみてののちの」を書いてからは次第に詩に関心が移りはじめ、二年の秋に四行詩集『さふらん』を、三年の春と秋にそれぞれ手書き詩集『日曜日』と『散歩詩集』をつくった。これでいわば詩人の習作時代が終わり、翌年東京帝国大学建築学科に入学してからは、一部の翻訳や建築論を除けば詩と物語が表現活動の中核となり、ようやく形式的に安定する。したがって『散歩詩集』は立原の前期と後期の結節点をなす重要な作品集であり、その冒頭に後期の二大形式たる詩と物語を折衷した物語詩が置かれているのは、まことに象徴的である。

それではそれはなぜ物語詩でなければならなかったのか。ここで思い出されるのは、立原が「丸山薫の職業の秘密」にふれた前掲の日記の一節で、《詩人は現実からとほくにゐること、即、現実・小説・伝記詩人といふ関係。帆・ランプ・鷗は海の生活の結果でなくて、スティヴンソンの「宝島」とコンラッドの「青春」の生活の結果。現実は複雑すぎるのだ》と書いていたことである。

丸山薫の詩集『帆・ランプ・鷗』の成功の秘密が、実際の海の生活にはなく、スティヴンソンの「宝島」とコンラッドの「青春」の生活の結果——つまり読書体験からもたらされたものだという立原の指摘は、ある意味で正しいだろう。丸山薫はたしかに海で生活したことはないし、現実の海の生活を表現しようとしたわけでもない。それにいかに現実的な詩といえども、そこに表現された生活はすでに詩の一部であって、現実そのものではない。それを詩として形象化するためには、詩人はどこかで「宝島」や「青春」に象徴される仮構の水準をくぐりぬけなければならないのだが、それにしてもそこからただちに「現実は複雑すぎるのだ」「詩人は現実からとほくにゐること」が必要だという結論を引き出してくるところに、立原の癒しがたく反現実的な、あるいは非現実的な詩意識があらわれているといえるだろう。

そして短歌はその形式的な制約のためにどうしようもなく現実を「大ざっぱ」に反映せざるをえない、小説は現実の複雑さにつれて変化するので文芸としての自立を期しがたい、だから自分は詩を選ぶのだというとき、詩の形式的な価値はもっぱら現実からの遠さに見出されることになる。「詩はその中間にあつて」云々というのは、詩は形式的には短歌と小説の中間にあって現実から遠くにいることが可能だが、実はそのために現実に拮抗すべきリズムをつくりだすのに苦労するというほどの意味で、ここでの立原の関心はすでに完全に詩に移っているとみることができる。

ところで、こうした奇怪な形式詩論の背景には、当時における「複雑すぎる」現実があったことを見落とすわけにはいかないだろう。前述したように、立原道造の生きた時代、すなわち詩人立原の「暁と夕」のあいだは、戦争と戦争の谷間の時代である。彼が生まれた大正三年(一九一四)には第一次世界大戦がはじまっており、彼が中野の療養所で息をひきとった昭和十四年(一九三九)にはドイツ軍がポーランドに侵攻して第二次世界大戦の幕が切って落とされている。最初の手書き詩集『さふらん』がつくられた昭和七年(一九三二)には上海事件が勃発し、満州国建国宣言が発せられ、五・一五事件が起きている。また『日曜日』と『散歩詩集』がつくられた翌昭和八年(一九三三)には、ドイツでヒトラーが政権を獲得し、日本は国際連盟を脱退して軍国主義体制を強化しつつあった。

このような暗い時代の底で立原が何を感じていたかは、さきに見た中村真一郎の回想「立原道造」にいきいきと描き出されている。

いつも半分真面目で半分は遊んでゐるやうな姿が、あの独特な含み笑ひと一緒に、ありありと生きてゐる。戦争直前の暗い時代のなかで、彼は時代錯誤のやうに、時代の外に超越してゐるやうに、不思議に透明で夢のやうに甘美な純粋詩を書いてゐた。「街には軍歌ばかりが聞えるやうになる」と呟やきながら。

しかし、それは中村のいうような意味では「時代錯誤」でもなければ「時代の外に超越し」た生き方でもなかったはずである。むしろ「暗い時代」だからこそ、「街には軍歌ばかりが聞えるやうになる」という暗い予感に満ちた時代であったからこそ、立原道造には「透明で夢のやうに甘美な」純粋詩を書くべき必然性があったのだといえる。その意味で、立原の詩は正確に「暗い時代」の産物であり、その反現実主義詩論は、疑いもなく暗い時代の現実を反映していた。ただそれは現実から遠く離れたところで、さながら現実の陰画のようにひっそりと書きつがれねばならなかったのである。

とすれば、立原の物語はこうした現実から身を引き離すための一種の装置のようなものであったと考えることができる。ちょうど丸山薫が海の詩を書くためにスティヴンソンやコンラッドの海の生活を必要としたように、立原は現実にかわるべきもうひとつの現実を、すなわち夢のように透明で甘美な物語を必要としたのである。その透明な世界のなかでのみ、立原の詩はよく詩として自立しうるだろう。現実から身を引き離すための装置といったのはつまりそういう意味だが、しかしそれが現実からの距離に成立の基盤を置いていたかぎり、その詩は逆に現実の暗さを仮構の水準で反映するという逆説を孕まざるをえなかったのである。いいかえれば立原は「魚の話」という物語詩をあくまで純粋な一篇のメルヘンとして書こうとしたのだが、できあがった詩は立原の意図に反して一九三〇年代日本の暗い現実を逆説的に表現してしまっていた。つまり立原は、物語によって時代の外に超越しようとしながら、かえって時代をその内側から表現してしまったといえるので、そこにこの作品のすぐれて現実的な意味を認めることができる。

とすれば、語法の混乱や文体の意図的な破壊――すなわち寺田透が「不正確な修辞法」と名づけた立原の詩法もまた、このことと無縁ではありえない。見ればわかるように、この詩はいたるところで意味が分断され、言葉の関節が外されている。たとえば冒頭の「或る魚はよいことをしたのでその天使がひとつの願をかなへさせて貰ふやうに神様と約束してゐたのである」というのは、日本語の物語の発端としてはいささか奇妙なものだろう。私たちの物語の規範によれば、ここは当然「昔、或るところに一匹の魚がいた。その魚はよいことをしたので、或る天使が云々」というように、魚と天使にかかる指示代名詞を逆にして語りはじめるべきところである。しかもこれは「魚の話」であって「天使の話」ではないのだから、物語の主人公である魚こそが「その」と呼ばれるべきであって、副主人公の天使は「或る」で少しもかまわないのである。それにこのような非現実的なおとぎ話の第一行は、「あったげな」に代表される曖昧な間接話法で閉じられるのが慣例であって、それを「のである」というように断定的に打ち切るのは、いかにも唐突な感じがする。

前段の部分に関しては、立原にもそれほど深い理由はなかったであろう。彼はただ「或る」魚の話を書こうとしたのだが、書きはじめて天使のところまできたとき、その天使がまた「或る」ではあまりにも漠然としすぎることを恐れて「その」と名づけたのに違いない。「或る」と「その」を仔細に使い分けるところまでは、おそらく当時の立原の言語感覚は成熟していなかった。したがって、立原の修辞の不正確さは、ある意味でその表現技術の未熟さに帰せられる部分が少なくない。

しかし、後段の「のである」という言い切りに関しては、たんなる表現の技術を越えた立原の意志のごときものが感じられる。表現の意志といってわかりにくければ、端的に詩意識と呼んでもかまわないのだが、要するに立原は、物語を語りすすめてここまできたとき、不意にそれを反現実の世界に定立したくなったのだ。反現実の世界に定立することによって、自分の詩を語りたくなったのだ。現代の詩論はそれを、詩を成立させる「意味場」と名づけるだろうが、立原にとってこの意味場は現実からの遠さのことだったので、その距離が伸び切った地点に断定の杭を打ちこんでおかなければ、それはたちまちまた現実の側に引き戻されてしまう危険があった。その焦慮が立原に「のである」という唐突な断言を選ばせたのだし、まさにその時点で、この物語は一篇の物語詩として成立することになったのだといえる。

ただし私たちは、立原のこの断言が現実否定や現実批判のうえにではなく、現実に対する強い不信と不安のうえに成立していることを見落としてはならない。その意味で、これは非現実的なおとぎ話などではなく、すぐれて反現実的な状況の物語なのである。

さて、この詩の文脈的な破綻は、たとえば次のような場面にあらわれている。

魚は最後の望に光を食べたいと思つた、ずつと海の底にばかり生れてから住んでゐたし光といふ言葉だけ沈んだ帆前船や⚓からきいてそれをひどく欲しがつてゐたから。

この「最後の望に光を食べたいと思つた」という主節は、現代の言語規範からは「光を食べるのが最後の望だった」とでもなるところだろうが、この程度の転倒は、たとえば夏目漱石を読めばいくらでも出てくるから、それほど目くじらを立てることもないだろう。問題は「ずつと」以後の従属節の構文である。まず全体の主語が省略されている。これは主節と従属節のあいだが読点で切られているだけで、しかも主節そのものが短いから、主節の主語「魚は」の働きが残っていると考えれば、文法的にはともかく、詩のコンテクストとしては説明がつく。しかし、「ずつと」以下「住んでゐたし」にいたる文脈の混乱はおおいようがない。「ずつと」という副詞は、いうまでもなく「住んでゐた」という動詞にかかるのだが、そのあいだに「海の底にばかり」「生れてから」という二つの副詞句がはさまれているため、両者は直接的な対応関係を見失い、いわば下手な翻訳文を読むようなぎこちなさを感じさせる。さらに「光といふ言葉」以下の構文では、「きく」という動詞の目的語「言葉（だけ）」を文頭に持ってきて、目的の格助詞「を」を省略し、しかもほんらい読点で切るべきところを故意につなげているために、全体に意味がたどりにくくなっている。

また言葉のリズムも意図的に破壊されており、それが意味の混乱にいっそう拍車をかけている。たとえばここのところを「言葉だけ沈んだ」とつなげて読み、「帆前船や錨」という言葉にぶつかってあわてて引き返した読者も少なくないだろう。それが日本語の自然な読み方である。そしてこれは短歌のいわゆる懸詞といった技法ではなく、ただ「言葉だけを」の「を」という格助詞が省略されたために起こった混乱であって、意味としてはあくまで「沈んだ帆前船や錨」と読むべきなのである。

立原のこのような語法がどこからきたかをいうのはむずかしい。それはひとつには弱年にして口語自由律短歌を学んだ早熟な文学少年のモダニズム体験からきているだろう。モダニズムは、その理念や思想は何であれ、作品的なあらわれにおいては、ひっきょう一種の言葉遊びであり、ソフィスティケーションごっこである。そこでは詩とはソフィスティケートされた言葉のつながりである。自我形成期にこうしたモダニズムの毒に染まった立原が、その語法から影響を受けなかったはずはない。事実、一匹の魚が海底に沈んだ帆前船や錨から「光といふ言葉」を聞いて、最後の望みにその光を食べたいと思ったというこの詩の発想自体が、すでにモダニズムそのものであり、その発想を展開するために、おびただしい形容詞や副詞を動員するのも、モダニズムでは見なれた手法である。

しかし、だからといってこれをモダニズムの物語への適用と呼んですますわけにはいかない。ここで文脈はたしかに意図的にソフィスティケートされているが、それが詩として招来しているものは、モダニズム的な言葉の遊びでもなければ意味ありげな無意味といったものでもなく、抒情的なメルヘンの世界だからである。したがって、これはやはり立原の現実不信、現実に対する不安がとらせた一種の防禦の姿勢だとみなさなければならないだろう。すなわち立原は、この物語をいちはやく反現実の世界に定立するために「のである」という強引な断言の杭を打ちこんだのと同じように、ともすれば現実の意味の世界に牽引されそうになる詩を、文脈をソフィスティケートすることによって守ろうとしたのである。

ところで、この物語詩の後半は次のように展開されている。

天使は見た、魚が倒れて水の面の方へゆる〳〵と、のぼりはじめるのを。彼はあはてた。早速神様に自分の過ちをお詫びした。すると神様はその魚を星に変へて下さつたのである。魚は海のなかに一すぢの光をひいた、そのおかげでしなやかな海藻やいつも眠つてゐる岩が見えた。他の大勢の魚たちはその光について後を追はうとしたのである。やがてその魚の星は空に入り空の遙かへ沈んで行つた。

ここまでくると語法が安定し、イメージも、いちだんと鮮明になる。この星になった魚のイメージは、立原の詩が獲得した少なくないイメージのなかでも、とりわけ鮮烈で美しいもののひとつだといっていい。それはおそらく立原が、この物語詩の前半で反現実の物語世界（意味場）を構築し了え、後半では安心して自分の夢を紡いだせいである。人は立原の詩を「夢のように透明で甘美な」と形容するが、その透明と甘美の背景にこれだけの細心な準備があったことを忘れるべきではない。それはたしかに人工的な夢の世界であったかもしれないが、その夢を紡いだ詩人の生は、戦争直前の暗い谷間の時代に首まで浸っていたのである。そして彼の「不正確な修辞法」は、暗い時代の光と影、現実と反現実のあいだを不安に漂っていた「中間者」の位相を、きわめて正確に反映していたということができる。

手書き詩集『散歩詩集』の二番目の作品「村の詩」は、「朝・昼・夜」の三部から構成されている。そのうち「朝」は次のような作品である。

村の入口で太陽は目ざまし時計
百姓たちは顔を洗ひに出かける
泉はとくべつ上きげん
よい天気がつづきます

このような詩の成立を可能にしているのは、現実の「村」の生活より先に「村」の「物語」を学んだ都会生まれの知識人の感受性と、にもかかわらず——というより、むしろそれゆえに「村」にあこがれざるをえない故郷喪失者の文学的望郷心といったものである。このような「村」の詩は、明治生まれの山村暮鳥にもあったし、立原と同じ東京下町出身の尾崎喜八にもあっただろう。ロバート・バーンズに代表される英国の譚詩(バラード)に先蹤を求めることも可能である。

しかしどんなに詳細に影響関係を論じてみても、立原が二十歳の秋にこの詩をつくったということの意味はわからない。大切なことは、立原がこの詩を書いたとき、彼はまだ追分も軽井沢も知らなかったという事実である。「村」は、翌昭和九年(一九三四)四月に初めて軽井沢を訪れる以前から、立原のイメージのなかに深く存在していた。現実の追分や軽井沢は、むしろこのイメージの

「村」の検証のために呼びよせられたふしがある。もっともこの年、立原は七月から九月にかけて御岳に滞在し、「僕は毎日体操ばつかりしてゐます。散歩と体操が日課です。きつと健康になつて、太るでせう」（八月二十一日付け高尾亮一宛て書簡）と書いているから、多少の「村」体験はあったろうし、この詩集の題名が書簡にいう「日課」に対応しているのは確かである。しかし、だからといってその「村」が現実のどの村に対応しているかと問うのは馬鹿げている。むしろこの「村」の完璧なまでの村らしさは、風土の欠損が立原のうちにつくりあげたイメージの村以外の何ものにも対応していないというべきである。

いずれにしろ、このような「村」を詩のなかに引き寄せることによって、立原の物語世界――すなわち詩を成り立たせる意味場は完成した。それはちょうど丸山薫の詩における物語の海に対応している。以後、死によって突然の終止符が打たれるまで、立原はこのイメージの「村」に住み、そこで見たこと聞いたことを、誰も聞いていないと知りつつ語りつづけるだろう。その意味で、この「村の詩」は『萱草に寄す』『暁と夕の詩』の抒情詩人の出発を記念する重要な作品であるといえる。村の「昼」は次のようにうたわれている。

郵便配達がやつて来る
ポオルは咳をしてゐる
ギルジニイは花を摘んでます
きつと大きな花束になるでせう

この景色は僕の手箱にしまひませう

ここには後年の立原道造の詩の特徴が全部出そろっている。それは立原がこの「村」に、現実の脅威にさらされなくてもすむ安住の地を見出したからであり、ここから真に立原的な抒情詩の世界がはじまっていく。

4

立原道造の「村」は、昭和九年（一九三四）の軽井沢訪問に先立って、その前年につくられた手書き詩集『散歩詩集』のなかで、初めて具体的に成立した。それは現実の風土に対応するものではなく、むしろ風土の欠損がもたらしたイメージのなかの村であったが、このイメージの村のなかで、詩人は初めて自由に言葉とたわむれることができた。その意味で、立原における「村」の成立は、そのままこの抒情詩人の出発を記念するものだといっていい。そこで「村」はたとえば次のようにうたわれていた。

虹を見てゐる娘たちよ
もう洗濯はすみました
真白い雲はおとなしく

船よりもゆつくりと
村の水たまりにさよならをする

（「村の詩・夕」）

ここで、虹を見ている娘たちに「もう洗濯はすみました」と呼びかけているのは、「真白い雲」である。つまり、この「洗濯」は雲が降らせた通り雨ないしは夕立ちのシャワーの比喩であって、娘たちの洗濯のことではない。しかし、ことばが省略されすぎているために、ともすれば「洗濯」の主体を娘たち（あるいは隠された主語「私」）と錯覚しがちである。実は私自身も最初はそう読みまちがえて、それにしてはこの娘たちに村ぐらしの生活実感がなさすぎることをいぶかしんだのだが、日立市に住む佐藤節子さんに手紙で指摘されて初めて得心がいった。村は村でも「村雨」だったのである。

このことは、立原の詩について多くのことを物語っている。立原道造は村にあこがれておびただしい村ぐらしの詩をつくったが、しかし、彼はついに村のくらしを、そこに生きる人々をうたおうとはしなかった。彼の村は「村雨」の「村」に対応する、外からながめられた風景であって、現実の風土でもなければ、生きた人間の顔でもなかった。

そんなものは「人生」の問題であって「詩」の問題ではない。「人生」の問題は、時を得顔にのさばっている軍人や商人にまかせておけばよい。生と死の中間者たる詩人は「人生」のむこう側に、現実と拮抗すべきイメージの村を構築しなければならない。そのためには、あらゆる生の実質は切り落とされざるをえなかったのである。

もとよりこれは余りにも図式的な見方である。生身の詩人立原道造は、「人生」と「詩」をそれほど単純に割り切ってはいなかっただろう。それどころか、立原は立原なりに己れの「人生」をうたおうとしたはずである。しかし、それが結果的には現実でなく非現実を、風土としての村ではなくイメージの村を表現することになってしまったのは、立原のエクリチュールに含まれている中間者の悲哀のためであった。いいかえれば、立原がこの悲哀を自覚したとき、人間のいない村は初めてイメージとして成立し、イメージの村が成立して初めて、立原は詩人になったのである。

見ればわかるように、この村は、いっさいの実質を切り落とすことによって成立している。娘たちは遠い物語のなかのヒロインであり、洗濯は生活の実質を欠いた言葉のうえの洗濯にすぎない。というより、それはイメージの村の風景のひとこまにすぎないので、ここでは、虹を見ている娘たちも洗濯も、雲や水たまりと同じ自然の景物なのである。

かといってそれはどんな風土のなかのどんな自然とも対応しているわけではない。ここにある雲や水たまりは、あくまで物語の風景のなかの、自然らしさの形象にすぎない。それらの形象が寄り集まって、立原の独自な物語世界を形成しているのである。

また「食後」という作品がある。

そこはよい見晴らしであつたから青空の一ところをくり抜いて人たちは皿をつくり雲のフライなどを料

理し麵麭・果物の類を食べたのしい食欲をみたした
日かげに大きな百合の花が咲いてゐてその花粉と蜜
は人たちの調味料だつたさてこのささやかな食事の
後できれいな草原に寝ころぶと人の切り抜いたあと
の空には白く昼間の月があつた

（原型では「そこ」が本文二倍大、二行中央）

こういうものを読むと、立原の自然の性格がよくわかる。そこで雲は詩という料理の材料であり、日かげに咲いた大きな百合の花の花粉と蜜は、その料理の調味料である。詩人は見晴らしのよいところに立って、こうした材料と調味料を使って、おいしい料理をつくるだろう。料理人の腕前は、当時においては超一流といっていいし、料理のできばえもなかなかのものだといっていいのだが、ただこの料理はいかにも味がうすい。それはたんに香辛料が足りないとか、塩味がきいていないとかいったことではなく、料理そのものが淡白なのだ。いいかえれば、この料理人はもともと現実感の稀薄な、淡白な材料をしか使おうとしないので、できあがった料理も淡白にならざるをえないのである。

ところで、こうした淡白な料理をつくりながら、この料理人が何を感じていたかは、次の「日課」という作品に表わされている。

葉書にひとの営みを筆で染めては互に知らせあつた
そして僕はかう書くのがおきまりだつた僕はたの
しい故もなく僕はたのしいと
空の下にきれいな草原があつて明るい日かげに浸さ
れ小鳥たちの囀りの枝葉模様をとほしてとほい青く
澄んだ色が覗かれる　僕はたびくそこへ行つて短
い夢を見たりものの本を読んだりして毎日の午後を
くらした　僕の寝そべつてゐる頭のあたりに百合が
咲いてゐる時刻である
郵便〒配達のこの村に来る時刻である
きつとこの空の色や雲の形がうつつて　それでかう
書くのがおきまりだつた　僕はたのしい故もなしに
僕はたのしいと

この作品はおそらく、この年の夏の御岳滞在中の日課に対応している。「昭和八年ノート」七月二十〜二十七日の草稿詩群中に、この原型と見られる作品があり、同じく「日課」と題されているが、部分的に多少の異同がある。以下にその全文を掲げておく。

たそがれ色をしたはがきに、人の寂しい営みを筆で染めては互に知らせあつた
そして僕はかう書くのがおきまりだつた。——ぼくはたのしい、故もなくぼくはたのしい。と。
きれいな草原があつてそこにはいつもよい日かげができ、虫などもゐず、小鳥たちの程よい音楽までである。
僕はたび〲そこへ行つてた。きつと青い空や雲の色がうつつて、それで僕はかう書くのがおきまりだつた——ぼくはたのしい、故もなしにぼくはたのしい、と。

ここにはおそらく、自然のなかの詩人の孤独な精神の位相ともいうべきものが語られている。「たそがれ色をしたはがき」という形象は、そうした精神のありようを語って見事だが、ただ孤独感の表白そのものは、二十歳前後の青年の自己表出として、それほど珍しいものではない。およそ詩を書くほどの人間で、青年時代に人の世の営みの寂しさに着目しなかった者はいないだろう。その発見を相互にはがきで知らせあうというのも、文学青年のあいだではありふれた習慣である。私たちが驚かねばならないのは、にもかかわらず立原がそのはがきに「ぼくはたのしい、故もなくぼくはたのしい」と書いたことである。それを青年にありがちな逆説癖や客気のあらわれと見あやまってはならない。立原はおそらくほんとうにたのしかったのだ。少なくとも「ぼくはたのしい」と書くのがおきまりだったという程度には、自分の不幸を自覚してはいなかった。そして、そのたのしさを保障していたのは、きれいな草原や小鳥たちの音楽、青い空や雲に代表される自然の風景だったと、ひとまずは言うことができる。「きつと青い空や雲の色がうつつて、それで僕はかう書く

のがおきまりだつた」というのは、あんがい正直な告白だったに違いない。

ただ忘れてならないのは、立原がそれを「故もなしに」と書いていることである。これだけの理由と条件がそろっていて、なおかつ「故もなしに」と書くのは、構文上のレトリックでなければ語義矛盾だと言わねばならないが、それでもなおそれは故のないたのしさにすぎなかった。それはちょうど人々の営みの、故のないさびしさに対応しているだろう。すなわち、ここでもまた立原は、人の営みと自然の営みとの中間にあって、故もなく孤独な精神のありようを、さながら「おきまり」のごとく表白しなければならなかったのである。

この場合に、いや、そんなはずはない、ここで立原は一歩深く自然の内側に踏みこんで、一人の自然詩人として人の世の営みを冷やかにみつめているのではないかと言う人がいれば、その人は詩とは縁のない楽天家である。立原がもしそれほどまでに自然を愛し、信頼していたならば、彼は「ぼくはたのしい、故もなく――」とは書かなかった。彼ははっきりと、その理由を書いたはずである。そして、そのような自己を無化した自然との一体化を自然思想と錯覚して楽天的な自然讃歌を書いた自然詩人なら、わが近代詩史には枚挙にいとまがない。遠くは晩年の山村暮鳥がそうであり、近くは山の詩人尾崎喜八がその典型である。だが、立原道造はいささかも自然を信じていたわけではなかった。「昭和八年ノート」の前掲草稿詩篇につづく部分には、次のような告白が置かれている。


風景さへ僕には信じられなかつた。肋骨に指をしづかに触れては、散歩に出かける時間をはかつた。それは、森のなかの誰でもがする一つの風習である（だつた）。僕は衰へたかげを、作りなほさうとつとめて。このはかない営みにさへ心の喜びを見つける。そしていつか僕は日毎の暦さへ信じなくなつてゐた。

◇

と見る間に、鴉の声が耳にのこつてかすかな海の鳴り。誰もこんな色、こんなにほひは思つてみないのに、僕のめぐりがいやらしいはげしい速さで失はれて行つた、一切の風景、それは風車のまはつてゐる明るい、だからさびしい、風景だつた。それにもう僕のぐるりに時間さへいつの間にか途ぎれてしまつた鳥のやうに、雲のやうに。このたまゆら、ふと何かとほいあたりの百姓の唄声か。この世ならぬ船のゆれ。風のたたずまひ。一切がそのまま甦へるのを待つやうに。おお困憊の港の方へ舵をとつてゐる。

これは立原にしては珍しく息づかいの乱れた文章である。ことに後半の部分は、イメージの表出に言葉が追いつかないといった急迫した息づかいを感じさせる。この「昭和八年ノート」は、前夜に見た夢の記録と、それをもとにしてつくられた草稿詩篇群とから成っているので、これもあるいは夢のなかの風景なのかもしれない。悪夢の記述とすれば、文脈の破壊も、意味のたどりにくい理由も、よくわかる。だが、ほかならぬこの時期に、このような悪夢を見たということも含めて、これはそのとき立原の内部で何が起こっていたかを直截に物語っているだろう。「村」の発見に相前後して、風景の剝離が、いいかえれば空間と時間の剝離が起こったのだ。「僕のめぐりがいやらしいはげしい速さで失はれて行」き、それとともに「時間さへいつの間にか途ぎれてしまつた」のである。それをいま風土の欠損が招きよせた非現実の仮装というふうにいいかえてみれば、立原のイメージの村は、このような風景の剝離を代償としてでなければ成立しなかった。彼はいったんは失われた世界のなかに、まったく新しい詩の空間と時間を再構築しなければならないだろう。「村」はそのために必要であり、またそのようにして実現された時空間の異名である。かくして立原道造の抒情の船は、困憊の港へ向けて船出する。その最初の港は、「風信子叢書」の第一篇として編まれた詩集『萱草に寄す』の世界である。

5

『萱草に寄す』は、公刊された立原の最初の詩集で、昭和十二年（一九三七）五月十二日（奥付）、風信子叢書刊行会から刊行された。判型は菊倍判（楽譜型）、本文9ポ活字、ノンブルなし二十四ページという薄いもので、もちろん私家版の非売本である。この年、立原は二十四歳。三月に東大建築学科を卒業して数寄屋橋際の石本建築事務所に勤めはじめており、再刊『四季』派の最も多産な同人だった。

詩集名の「萱草」はユリ科カンゾウ属の草花、あるいは同科ヤブカンゾウの総称で、中国の故事にその花を見て憂いを忘れたという言い伝えがあるところから「わすれぐさ」の俗称がある。ただし、立原自身は「萱草」を「ゆうすげ」と勘ちがいしていたらしい。このあたりに、にわか自然詩人の宿命と限界が感じられる。

叢書名の「風信子」はヒヤシンスと読む。出自はギリシャ神話で、日神アポロに愛されたヒヤシンスがアポロの投げた円盤にあたって息たえ、一茎の美しい花になったという伝説にちなむ。立原はこのヒヤシンスに自分の詩の宿命を託したのである。

収める詩篇は十四行詩十篇。昭和十年（一九三五）十一月から翌十一年十二月までの約一年間に発表した作品から採られている。詩集のイメージがつくられたのは『四季』昭和十二年一月号に一挙掲載された「SONATINE」三篇の制作時、すなわち十一年の秋ごろと推定される。東大最終学年のこの年の暮れ、立原は卒業論文「方法論」を脱稿して提出。翌十二年一月には物語「鮎の歌」を書き終え、物語集の出版を構想している。そして一月二十九日付け橘宗利宛て書簡に「卒業まへに一冊私家版で詩集を出したい」、それは十四行詩十一篇からなる「楽譜のやうな大判のうすい詩集」だという記述が見られるから、詩集刊行の夢が具体化したのは、ほぼこの時期でなければならない。さらに三月十六日付け田中一三宛て書簡に、同月上旬に印刷所に原稿を渡したむねが記されており、以後の書簡には、印刷所の都合で刊行が遅延すると書かれている。結局詩集が世に出たのは、構想から半年余りたった昭和十二年（一九三七）六月中のことだった。

前にも記したように、立原道造はことのほか詩集のかたちにこだわる詩人であった。それはもちろん詩集刊行時の詩人の年齢とも関係していて、大学を卒業したばかりの若い詩人が初めての詩集をつくるとなれば、体裁についても神経質になるのは当然のことだろう。処女詩集の刊行は、いつの時代にも詩人にとって生涯の大事件である。ただ、その構想を中学時代の恩師に報告し、制作の経過をちくいち友人・知人に連絡するというのは、やはり普通の神経ではない。そこには現実の対極に非現実の「村」を構築し、詩人的生涯を形成しようとする中間者の、最初で最後のあがきのようなものが感じられてならないのである。そして、そのあがきが一篇十四行の整然たる形式に収斂したとき、立原に特有な抒情詩の世界が成立した。そこにはたとえば次のような作品が収められている。

ささやかな地異は　そのかたみに
灰を降らした　この村に　ひとしきり
灰はかなしい追憶のやうに　音立てて
樹木の梢に　家々の屋根に　降りしきつた

その夜月は明かつたが　私はひとと
窓に凭れて語りあつた（その窓からは山の姿が見えた）
部屋の隅々に　峡谷のやうに　光と
よくひびく笑ひ声が溢れてゐた

——人の心を知ることは……人の心とは……
私は　そのひとが蛾を追ふ手つきを　あれは蛾を

把へようとするのだらうか　何かいぶかしかつた
いかな日にみねに灰の煙の立ち初めたか
火の山の物語と……また幾夜さかは　果して夢に
その夜習つたエリーザベトの物語を織つた

（「はじめてのものに」）

初出は『四季』第十二号（昭和十年十一月号）。同年九月二十一日付け柴岡亥佐雄宛て書簡に《エリザベートとのめぐりあひをうたつて「はじめてのものに」といふ詩を書いた。四季の十一月号に出した。「もしエリザベートたちが見ることなどあつたら。」そんなことを考へて、今まで僕のうたつた世界が、いかに das Leben にとほかつたか、わかつたやうに思つた。dL に近ければ近い程、その歌は歌自身がうたひてに傷を与へるものであらうか。しかるに今までの歌は何の懸念もなく、誰にも傷つけることさへ出来ないとしか、いへないのだ》とある。これから見て、制作時期はおそらく追分滞在中の同年九月中旬ごろと想定される。

ここでエリーザベト（書簡ではエリザベート）がどんな女性だったかというような詮索には、私はあまり関心がない。立原はそれが特定の女性を傷つけるのではないかと恐れているようだが、おそらくそんなことはあるまい。これはそれほど立原の das Leben（実生活）に近い作品ではない。われわれはそれがテオドール・シュトルムの小説『みづうみ』のヒロインの名であることを知っていれば十分である。ただ、序章でもちょっとふれたように角川版全集第一巻の月報に山根治枝という人が書いている「信濃追分の立原さん」という一文は、この作品の成立の背景を知るうえで見逃せない。重複を恐れずに引用しておこう。

……薄暗い電気の下で読書をしていると、食事の時にTと名乗った青年が、これからレコードをかけるから、よかったら聞きに来ませんか、と誘いに来てくれた。

本にもあきて、所在ないままに早速立ち上って彼について行くと、突き当たりの、二方に窓のある小部屋で、皆の姿は見えず、ただ真中の小さな机の上に、当時の手廻し式のポータブルプレヤーが、ポツンと一つ置かれてあり、向って左の窓辺に、立原さんが浴衣の膝を抱えて、あの独特の仔鹿の眼をして、私の方を見つめている。

まるで珍しい生き物でも見るような、好奇心に溢れた眼である。しかしそれが少しも厚かましさを感じさせず、むしろ微笑ましい思いさえ誘ったのは、彼の天衣無縫の純粋さのためかもしれない。

やがてTさんのかけてくれたレコード、「未完成交響曲」は静かに流れて、おりから中空に昇ろうとしている月の光りと相俟って、まことにロマンティックな雰囲気だったにもかかわらず、白い粉をまき散らしつつ、電灯の廻りをグルグル廻っている蛾が、私の側に飛んで来るたびに、手で払いのけるのに忙しく、せっかくの美しい曲も上の空であった。

Tさんが気をきかせて、電気のスイッチを切ってくれた。その時、誰かがTさんに用事があるとのことで、彼は階下へ行ってしまった。

二人っきりで取残されたその数分の、何んと長く感じられたことか。

流れていた曲は、いつか止まっていた。

片面が終ったのである。当然、立原さんが電灯をひねり、レコードを裏返して、ハンドルを廻しぜんまいを巻いて、そのまま曲を続けるという作業をすべきはずであった。

しかし一向に彼は動かないのである。レコードはジイジイ空廻りをつづけ、窓から流れ入る月光は、時折り思い出したように舞い始める蛾の影を照らしつづけている。

たまりかねた私は、スイッチをひねり、レコードを裏返し、要するに彼のやるべき仕事を全部終えて、レコードがまた廻り始め、やれやれといった思いで彼の方を眺めると、驚いたことに、依然として立原さんは膝を抱え込み、上眼づかいに私の手元と顔とを、交互にまじまじと見つめていたのである。（原文パラルビ付き）

見事な情景描写力に誘われて思わず長い引用になってしまったが、ここには、いわゆる軽井沢の青春がリアルに再現されているだろう。四季派の抒情詩は、このような環境のなかから生まれ、その文学的な気圏のなかで、立原道造、津村信夫といったすぐれた抒情詩人が輩出したのである。

この一文はまた、「はじめてのものに」の成立についても、多くのことを語っているだろう。あの詩の背景に流れているのは、ぜひとも「未完成交響曲」でなければならないし、「私」がひとと語りあった窓は、ぜひともこの部屋の、この窓でなければならない。その部屋には、峡谷のようにひびく笑い声が溢れていたはずだが、しかし詩人はその談笑の輪のなかにはいなかった。彼はただ浴衣の膝を抱えて、仔鹿のような眼で、じっと人々の顔を見つめていたはずである。筆者はおそらく気づいていないが、その視線には、多分にエロティックな意味が含まれていたに違いない。立原のこの時期の作品はすべて、閉ざされた性欲の表現といっていいようなところがあり、それが一見無機質的なこれらの詩篇に一種のふくよかさを与えているが、もとよりこの詩人は、それを直截に解放するようなことはしなかった。彼はそれを彼の das Leben からすくい上げて遠い物語のなかに閉じこめ、詩的に昇華しようとしたのである。だから、この訪問客の眼に「天衣無縫の純粋さ」と見えたものは、実はあの中間者の悲哀がもたらした放心の表情であったに違いない。いいかえれば、立原はこのとき追分の村にいて、心は遠く物語の村をさまよっていたのである。その間の事情は、前記柴岡亥佐雄宛て書簡の次のような一節に、たくまずに物語られているだろう。

孤独といふものが、動乱のなかで強いられるとき、私たちは苦しく乏しいものを感じるのだが、それが純粋の孤独として浄福な環境に於て与へられるとき、反つて、私たちはそれをみちみちたもの、世界にひとしいものとして受けとる。しかし、私たちは山岳でもなければ、樹木に住む鳥でもなければ、ただ人間なのである。人間を規定してゐるのは、影多い日常茶飯のことであつた。それ故、私たちが、高い高い空を眺め、永遠を覚える日に、いつもその孤独に耐えられなくなつた。ここに人間の感情の情なさがあつた。(この文、途中まで書いてゐるうちに、何か不意に道を見失つたやうに思つた。それからあと、僕の心はとざされてしまつた。)

立原道造の孤独の特異な性格については後述するが、ここではそれが自然との関係のなかで自覚されていることに注意したい。動乱のなかで強いられた孤独は貧しいが、浄福な環境のなかで与えられたそれは「みちみちたもの」で「世界にひとしい」というとき、しかし立原はいささかもその孤独に充足しているわけではなかった。いかに自然に近づこうとも、人間はただ日常茶飯に規定される存在であって、山岳でもなければ鳥でもない。だから自然の永遠に対峙するとき、人はその孤独に耐えられないというのである。ここにはおそらく、立原がついに自然詩人になれなかった理由の一端が語られている。自然詩人とは、自然に対峙するかわりに自然に同化し、自己を自然の微小内在分子と観じて、自意識のむこう側に投身できる資質のことだ。ところが立原は、ちょうど動乱の現実に背を向けたように、自然の手前で立ち止まってしまうのだ。悲哀はそこから生じてくる。そしてこの中間者は、イメージの「村」よりほかに行くところがない。同じ『萱草に寄す』に収められた「のちのおもひに」は、こういう作品である。

夢はいつもかへつて行つた　山の麓のさびしい村に
水引草に風が立ち
草ひばりのうたひやまない
しづまりかへつた午さがりの林道を

うららかに青い空には陽がてり　火山は眠つてゐた
——そして私は
見て来たものを　島々を　波を　岬を　日光月光を
だれもきいてゐないと知りながら　語りつづけた……

夢はそのさきには　もうゆかない
なにもかも　忘れ果てようとおもひ
忘れつくしたことさへ　忘れてしまつたときには

夢は　真冬の追憶のうちに凍るであらう
そして　それは戸をあけて　寂寥のなかに
星くづにてらされた道を過ぎ去るであらう

これは立原の生涯を通じての代表作であるばかりでなく、日本の抒情詩の最高傑作であるといってよいと思う。青春の故のない寂寥感をこれほど見事に定着した詩は他に例がない。そして立原以後四十年に及ぶ現代詩史は、まだこれを越える作品を生み出してはいない。

初出は『四季』第二十二号（昭和十一年十一月号）だから、さきの「はじめてのものに」からちょうど一年たっている。比喩的にいえば、立原の詩はこの一年のあいだに、青春をかけぬけて、それを追憶するところまできてしまったのだ。同じ青春の寂寥がうたわれていても、その実質はすっかり変わってしまっている。それはそのまま立原における悲哀感の深化に、すなわち孤独感の深まりに対応しているだろう。

ところで、この詩の初出には、詞書として「あす知らぬ世のはかなさを思ふにも馴れぬ日数ぞいとど悲しき」という藤原定家の歌が置かれている。かつての口語自由律短歌の少年歌人は、ここにきてついに新古今集に逢着するのだが、新古今集についてはすでに昭和十年（一九三五）九月十三日付け柴岡亥佐雄宛て書簡に《この頃、万葉をよんでゐる。天平白鳳のすぐれた古典を持つ日本に感謝す。この土に生ひ育つた新古今の精神こそ近代西洋の文明に比すること（の）出来るよきものであらう》という一節があって、この時期に集中的に古典への渉猟が行なわれたことを物語っている。そしてこの一節は、立原と四季派における新古今的なものの受容のあり方を、きわめて端的に示しているだろう。

万葉にかえれとは、いわば当時の国策にそったスローガンであった。いま天皇制イデオロギーとの相関を抜きにしていえば、それは一定の意義をもつ文学運動であったということができる。昭和初年のモダニズムに代表される文学的な近代は、すでに方法的に行き詰まって、一種の袋小路に入りこみつつあった。立原の口語自由律短歌から四行詩への転身も、おそらくそのような文芸思潮と無縁ではない。そのとき一部の人々は近代を超克するものとしての政治へ、すなわちプロレタリア文芸へと転身したが、もともと政治になじめない資質の持ち主と、プロレタリア文芸もまた近代の一形式であることを看破していた少数の人々は、近代の対極にあるものとしての古典に回帰しようとした。のちに立原が関与することになる日本浪曼派も、ごく単純化していえば、そのような古典回帰現象の一つとしてとらえることができる。しかし、一度はモダニズムの波をくぐり、西洋近代の文学の方法を身につけていた一群の詩人・文学者は、古典に回帰するといっても万葉にまでは帰りつけなかった。万葉の無技巧は、彼らの眼には余りにも無防備に見えたのである。そこで必然的に万葉の土壌から生まれ花ひらいたもう一つの文化――すなわち古典の近代派たる新古今が求められた。新古今ならば、よく西洋近代の文明に比肩しうるだろう。そのうえ、そこには悲哀感の表現があり、非現実のイメージの形式が整っている。

立原と四季派の新古今への親炙を、あえて図式化していえばおそらくそういうことになるだろう。そして立原が新古今の歌に方法的な先蹤を見出したとき、その詩は最後の難関にさしかかっていたのである。

第三章　美しい村——立原道造の展開

1

詩人立原道造の生涯を一日にたとえてみれば、その「暁と夕」の間は、第二次『四季』（月刊）の第一巻第二号、すなわち昭和九年（一九三四）十二月号に「村ぐらし」「詩は」の二篇を発表して詩壇に登場してから、昭和十四年（一九三九）三月に満二十四歳八か月の若さで病歿するまでの足かけ六年間——実質的にはきっかり四年間にすぎない。この短い生涯のあいだに、詩人は風のように青春の季節のなかを駆けぬけ、おびただしい詩と物語を書き残し、詩的なエネルギーを燃焼しつくしたかのように、ひっそりと死んでいった。それはまことにこの詩人の抒情のかたちにふさわしい死であったといってよいが、おかげで、抒情詩とは何かというわれわれの問いは、永久にその生涯のなかに閉じこめられることになった。彼がもう少し生きていたら——というのは、あとからきた者がつねに感じる詮ない思いだが、彼がせめてあと十年生きていたら、日本の抒情詩はもう少し違ったものになっていたかもしれない。しかし、彼の詩は彼の死によって完結し、われわれの詩は彼の詩が完結したところからはじまっているので、現代における抒情の意味をたずねるためには、われわれは繰り返しそこへ立ち戻らなければならないのである。

さて、立原道造の詩人としての「暁」が昭和九年の作品「村ぐらし」に、すなわちイメージの「村」の発見にはじまっているとすれば、同じ『四季』の昭和十一年十一月号（通巻第二十二号）に発表された「のちのおもひに」は、さしずめ「正午」の詩だということができる。事実、これは立原の生涯を通じての代表作であるばかりでなく、近代抒情詩の傑作の一つである。このとき日はまさに中天にさしかかっており、抒情の陽光はイメージの村をくまなく照らし出している。立原の短からぬ習作時代は、ただこの一篇のために費されたといっていいほどである。だが、それは同時に早すぎる「夕」の到来をも告げていた。というより、正午の明るい日ざしのなかに忍びよる夕の影を感受するところに、この詩の成功の秘密があったといってよいので、題名の「のちのおもひ」とは、この先どりされた夜（死）のことにほかならない。鑑賞の便宜のためにもういちど、その歌いだしの部分を引いてみよう。

夢はいつもかへつて行つた　山の麓のさびしい村に
水引草に風が立ち
草ひばりのうたひやまない
しづまりかへつた午さがりの林道を

立原道造の天稟は、この第一連に遺憾なく示されているといっていいだろう。この四行は、ほとんどひと息にうたいだされている。少なくとも行と行とのあいだに立ち止まって形勢を展望するような心理の渋滞がない。もちろん仔細に検討すれば、第一行と第二行、第三行と第四行とのあいだには、わずかな気息の乱れが感じられるけれども、それは詩のリズムを助勢するものでこそあれ、われわれの鑑賞のさまたげになるようなものではない。ここには近代抒情詩が到達した、詩的形式美の極北のすがたがある。

それではなぜ、詩を書きはじめて間もない立原に、そのような完成が可能であったのか。詩人の天性といってしまえばそれまでだが、しかし、人は詩人としてこの世に生まれてくるわけではない。彼は時代の環境と言語規範のなかで、みずからの言葉を選びとりながら、徐々に詩人になっていくだろう。とすれば、そこには彼にその言葉を選ばせた理由と条件があったはずである。

われわれはすでにその条件のひとつを、立原における「村」の成立に見てきた。それは戦争直前の暗い時代のなかで、詩人が現実から遠く離れて生きていくための精神のよすがであり、非現実の物語の「村」であった。その「村」のなかでのみ、詩人は自由に言葉とたわむれることができ、現実に拮抗すべき幻影のリアリティを築くことができた。この幻影のリアリティを仮りに詩のリアリティと呼ぶことにすれば、詩人が詩を書くことによって獲得できるのは、せいぜいその程度のものであり、またそれだけで十分である。立原道造は決して詩に詩以上のものを求めない詩人であった。それはちょうど彼が現実に現実以上の意味を求めなかったのに対応している。この明確な人生と詩に対する態度が、とにもかくにも彼の詩にすぐれた自律性を与え、同時代に比類なき詩形の完成をもたらしたのだと考えられる。

ところで、この第一連を技術的にみれば、それが短歌の韻律と語法に多くを負っていることは容易に見てとれるだろう。ただし、この場合の短歌は、石川啄木の三行分かち書き短歌でもなければ、前田夕暮の口語自由律短歌でもない。それは藤原定家に代表される新古今の歌である。この作品の初出が「あす知らぬ世のはかなさを思ふにも馴れぬ日数ぞいとど（ゞ）悲しき」という定家の歌を詞書としていたことはすでにふれたが、それは立原の批判者たちがいうように文学青年のスノビズムが招き寄せた文芸的なアクセサリーといったものではなかったはずである。仮りにスノビズムであったとして、それならそのスノビズムが定家の歌をよしとして選び出した背景には、「あす知らぬ世のはかなさ」に傾斜する心的な状態がなければならない。そしてその心理をつくりだしたものが、状況こそ違え、表現者の側の「馴れぬ日数」であったことは、いまさらいうまでもない。

いいかえれば立原は、この一篇を書くために定家の歌を呼び出したのではなかった。定家の歌に「馴れぬ日数」を生きる者の悲しみの代弁を見出したとき、逆に「のちのおもひに」という作品を呼び出されたのである。もしそれを影響というのなら、影響というものはつねにそのようにして詩人を訪れる。そしてこの過程に逆過程はない。つまり立原もまた定家の歌が完結したところから自分の道を歩みはじめるしかなかったのである。

この場合に注意すべきは、それがまたしても言語の規範として、すなわち一篇の物語として、立原を訪れたことである。詩人が詩人から影響を受けるのだから、それが言語を媒介とするのは一面では当然のことだが、もし「あす知れぬ世のはかなさ」をそれとして感受するつもりなら、立原の時代は「はかなさ」の材料に事欠かなかった。そこにはこの優秀な建築学生をイメージのなかの「村」に追いやるべき現実的な条件と理由が充満していただろう。しかし立原はこうした「世」の条件を索引として定家の歌に接近しようとはしない。まず「世のはかなさ」という言葉があって、はかない世の認識はそのあとからやってくる。世のはかなさをうたった歌があるから、この世ははかないのである。いや、そういっただけではまだ十分ではない。世のはかなさをうたった詩人がいて、その詩が私を感動させるから、この世は私にとってはかないのである。

こうした転倒がどこから生じたかをいうのは容易ではない。ただそれが「ターナーの絵がなければロンドンの霧は存在しなかった」というオスカー・ワイルド流の芸術至上主義とは似ても似つかぬものであったことだけは確かである。立原ならおそらくこういうであろう。もしワイルドの楽天的な定義がなければ、ターナーの絵もロンドンの霧も存在しなかった——と。だが、にもかかわらず、ターナーの絵とロンドンの霧は同時に存在する。いや、ロンドンの霧がなければターナーの絵は成立しない。そのことを十分にわきまえたうえでなおターナーの絵の側に自分の存在を賭けるとき、この世は「馴れぬ日数」となる。とすれば、芸術家の生とは、この「馴れぬ日数」をかぞえつつ、あす知らぬ「のちのおもひ」に、いまの悲しみを托すことではないのか。

夢はいつもかへつて行つた　山の麓のさびしい村に
水引草に風が立ち
草ひばりのうたひやまない

しづまりかへつた午さがりの林道を

だから、この「山の麓のさびしい村」が軽井沢のどのあたりであるとか、「午さがりの林道」がどこからどこへ通じているとかを詮索することに、おそらくどんな意味もないだろう。詩のなかの風景を現実の風景に対応させせれば、それで何かを説明したつもりになっている人たちがいるが、そんなものは詩の理解や鑑賞とはまったく無関係である。仮りに関係があるとしても、それなら彼らは「村」や「林道」だけでなく、「水引草」、や「草ひばり」についても、どこのどんな水引草や草ひばりであったかを特定しなければならないはずだが、そんなことは不可能である。

もとより、この詩のなかの風景が、現実の軽井沢の風景によって触発されたものであることは確かである。ここには疑いもなく軽井沢の風が吹いている。昭和十一年（一九三六）九月十日付け杉浦明平宛て書簡によれば、これは「旅のをハりの夏岬のうた」として書かれた二篇のうちの一篇であり、さらに同年八月二十七日以降の旅信によれば、立原は八月末から九月初めにかけて約十日間にわたって紀州路、奈良、名古屋、伊良湖岬などを巡歴したあと、九月十三日には突然のように追分を訪れている。夏のおわりの旅人の夢は、つねに追分に立ちかえっていたことだろう。だが、そのことと、この「さびしい村」が現実の追分の集落であるということとのあいだには、文字どおり千里の径庭がある。私は何度でも同じことを繰り返すが、実体としての「さびしい村」など、この世のどこにもありはしなかった。それは立原の資質のなかに、いいかえれば彼が書いた詩のなかにしか存在しなかった。『トニオ・クレエゲル』の主人公は、「芸術的なのはただ傷ついた神経組織が感じる焦躁と冷たい忘我状態だけだ」といったが、立原の「さびしい村」は、詩人の傷ついた神経組織がつくりあげた幻影の村にほかならなかった。幻影であるからこそ、詩人の夢はいつもそこへかえっていったのである。

さて、この詩の形式的完成美をつくりだしているのは、四・四・三・三行からなるソネット形式でも、まして詩の意味でもなく、七五定型律を基調とする言葉の音楽である。ここで言葉の意味は言葉の音楽に先導されている。というより、作者の語感のうちなる音楽が、その調べにふさわしい言葉を拾い出してくるといった趣がある。みればわかるように、これはソネットとは名ばかりで、頭韻も脚韻もそろえられてはいない。句またがりもなければ、一行の長さも一定していない。

しかし、耳のいい読者なら、ここにいくつかの音楽的な技巧がほどこされていることを聞きのがさないだろう。その一つは、一行の末尾の音を次行の頭音にそろえることによって言葉の連続性と流露感をつくりだしていることである。

かへつて行つた（A）↓山の麓の…

さびしい村に（I）↓水引草に…

うたひやまない（I）↓しずまりかへつた

このような音韻的な効果は、計算されたものというよりはむしろ作者の語感に属するもので、立原はそれを意識していたわけではないだろう。詩人を散文家と区別するのは、このほんのわずかな語感の問題だといっていいのだが、しかし語感もまた反復と修練の産物であって、立原の表現史にその起源を求めるならば、われわれは当然にも彼の短歌体験にいきつくはずである。それはまた

「水引草」「草ひばり」「午さがり」といった語群のなかの「ひ」音の交響や、一行目と四行目の「かへって行つた」「しずまりかへつた」という近似音の遠い交響についてもいえることで、こうした語感の形成の重要さにくらべれば、この詩のリズムの基調が短歌的な定型律にあるなどということは、じつはたいしたことではない。もしそういってよければ、短歌的な定型律を見かけとするもの自体が、じつはこうした語感によって選ばれた詩語の外形にすぎないのである。そして、それをさらに敷衍すれば、四・四・三・三行からなるソネット形式も、あらかじめ外から与えられた形式というより、立原の語感が自然に選びとった内在的な形式であるといえなくもない。立原は自分の表現の形式にことのほか敏感な詩人であったが、たとえば戦後の「マチネ・ポエティク」の詩人たちがそうであったような意味では、形式を表現に先行させようとはしなかった。彼にとって、詩は生の形式のひとつであったので、詩を形式に合わせてつくりかえる必要はなかったのである。

　ただ、いずれにしろ詩は一つの形式にいきつかざるをえず、そうして獲得された形式は何よりも美しいものでなければならない。詩が何であれ、また芸術が何であれ、それが反現実の極致にある一種の美的な形象であることだけは、立原のなかで一度も疑われたことがなかった。そしてその最も純粋なあらわれは、詩でも絵画でもなく音楽のなかにあると信じられていた。詩集『萱草に寄す』の判型が菊倍判の楽譜型であったことは、このことと思い合わせて興味深いが、立原はさらに『四季』昭和十二年（一九三七）七月号に寄せたエッセイ「風信子㈠」のなかでこの詩集の構成についてふれ、「音楽の状態にあこがれてつくつた」「それは僕のソナチーネだつた。クラヴサンとフルートのために」と書いている。とすれば、それが言葉による音楽のこころみであったことは明らかであり、この詩の第一連が意味よりも音楽に牽引されていたのは当然である。

それなら、詩人が音楽の状態にあこがれるとはどういうことか。ここで注意すべきは、音楽にあこがれるのではなく、音楽の「状態」にあこがれたといわれていることである。音楽へのあこがれなら、詩人に限らず誰にでも生じうるだろう。たとえば私は立原の詩にあこがれるのと同様にモーツァルトの音楽にあこがれる。この両者が私にもたらす感動は決して同質のものではないが、しかしそれがこの世ならぬものに触れることによって得られた感動であるという意味では、両者は同位の存在である。もとより立原にも、こうした音楽そのものへのあこがれはあったであろう。それがなければ、音楽の「状態」へのあこがれなどというものは生じえない。しかし、立原がここでいおうとし、また詩によって達成しようとしたのは、そのような一般的な芸術へのあこがれではなかった。そのようなあこがれを前提とし、かつそれを超える音楽という芸術形式への、つまり音楽というもののありように対するあこがれであった。そうでなければ「それ（『萱草に寄す』）はぼくのソナチーネだつた」という揚言は、比喩としても意味をなさない。それがソナタでもソナチネでもないことをいちばんよく知っていたのは、ほかならぬ立原自身であったはずだからである。

もちろん、ここのところを、立原が音楽の整然たる形式美にあこがれ、自分の詩集の構成を三楽章に、すなわちソナチネ形式に編んでみたのだと解することも可能である。事実、『萱草に寄す』一冊は、一種のソナチネ形式になっているだろう。また詩集の祖型になったと思われる手書き詩集『ゆふすげびとの歌』のうちの二篇が、友人今井慶明によって歌曲として作曲されたこともよく知られている。しかし、だからといってそれが「歌詞」としてつくられたことにはならないし、まして立原が詩よりも音楽を愛したということにはならない。

大切なのは、立原が詩人として音楽の「状態」にあこがれていることである。つまり立原は詩によって音楽の「状態」を再現しようとしているので、詩よりも音楽をといっているのでもなければ、詩から音楽へと主張しているわけでもない。要は音楽的な整合美――秩序の形式へのあこがれということになるだろう。そして、立原のこの願いは、なかばは満たされ、なかばは満たされなかった。満たされた部分は音楽的な言葉の形式、すなわちソネット形式であり、満たされなかった部分は、いうまでもなく音楽的な意味を超えた抽象である。音楽は無意味な音の集合によってつくられた時間の形式だが、詩はどこまで細分化しても意味をもたざるをえない言葉の組合せによるイメージの形式である。つまり詩はついに音楽とはなりえない。それを承知の上で立原は音楽のもつ完全な抽象にあこがれざるをえなかった。そのとき、音楽の「状態」とは、地上的ないっさいの意味から解放された自由を、すなわちあの芸術家の「冷たい忘我状態」を意味していたはずである。しかし、立原は音のかわりに言葉をマチエールとする芸術家であり、言葉の意味から解放されるわけにはいかなかった。この詩は次のようにつづいている。

うららかに青い空には陽がてり　火山は眠つてゐた
――そして私は
見て来たものを　島々を　波を　岬を　日光月光を
だれもきいてゐないと知りながら　語りつづけた……

ここにも細心の音楽的な処理がほどこされている。「うららかに／青い空には／陽がてり」はどうしても「青い空には／うららかに／陽がてり」といいなおされるわけにはいかない。「うららかに」は動詞「てり」にかかる副詞だから、文法的にいえば当然後者が正しいのだが、音楽はしばしば意味を超越する。そして午さがりの山村のうららかさは、この倒置によって、いっそうくきやかに読者のものとなる。ここでは、火山だけでなく、村人もまた眠っている。その無人の村に、詩人の夢がかえっていく。

「——そして私は」、なぜ「そして」なのか。「そして」の前の二字分のダッシュは何を意味するのか。それはおそらく何ものをも意味してはいない。何ものをも意味しないことによって、すべてを意味している。われわれの想像はここで容易に音楽の休止符にいきつくだろう。沈黙。意味のない、ただの沈黙。しかし、それは何ごとかのはじまりへ向けての沈黙である。そして「私」が登場する。「私」はすでに「夢」ではない。この村で、私は一個の実在である。だが、ドラマはまだはじまらない。「私」はただ「夢」のなかで見てきたものを、「だれもきいてゐないと知りながら」語りつづけるだけだ。聴衆も相手役もいないモノローグ。これはほとんど立原道造その人の詩観の表白ではないか。

夢は　そのさきには　もうゆかない
なにもかも　忘れ果てようとおもひ

忘れつくしたことさへ　忘れてしまつたときには

「夢」はなぜ、「そのさきにはもうゆかない」のか。なぜなら、そこが夢のなかの幻影の村だからである。人が夢を見るのは、この世の「なにもかも」を「忘れ果てようとおも」うからだろう。忘れようとして、どうしても忘れられないから、その代償として夢を見るのだろう。だが、イメージのうちなる夢の村にあって「忘れつくしたことさへ　忘れてしまつた」詩人には、もはや夢は必要ではない。彼はただ見てきたものを、他のだれのためでもなく自分のために、自分の「のちのおもひ」のために語りつづければ足りる。それが詩を書くということの唯一の意味である。しからばそのとき、かつての夢はどこへ行くか。

夢は　真冬の追憶のうちに凍るであらう
そして　それは戸をあけて　寂寥のなかに
星くづにてらされた道を過ぎ去るであらう

立原はのちに中村真一郎に宛てた手紙（昭和十三年八月二日）のなかで「さらば束の間のわれらが強き夏の日の光よ」というボオドレエルの一行を引きながら「僕の生は変転してやまない。何か気まぐれにさへ見えるゲニウスの導きに――」と告白しているが、「さびしい村」を介してのこの夢の変転ほど、詩人の生のありようを語ってやまないものはない。ここに出てくる「真冬の追憶」がボオドレエルの「夏の日の光」に対応していることはいうまでもないが、立原の「夏」は「真冬の追憶」のなかに閉じこめられることによってしか輝くことはなかった。というより、立原の「夏」はほとんど予定調和的に「冬」をそのなかに孕みこんでいた。そのような変転を用意したものが立原の「中間者」としての時代意識であったとして、それならこの「中間者」は、ほんとうに「だれもきいてゐないと知りながら」語りつづけたのだろうか。おそらくそんなはずはない。そこには「四季」という名の村人がいて、彼のモノローグに耳を傾けていた。「さびしい村」はすなわち「四季」の村でもあったはずである。

2

『四季』は何よりも雑誌の名である。それはまず昭和八年（一九三三）に堀辰雄の責任編集による季刊文芸誌として発足したが、この第一次『四季』は春季号と夏季号の二冊を出しただけで休刊した。次いで翌九年（一九三四）の六月に堀辰雄、三好達治、丸山薫、津村信夫、立原道造の五人で再刊のための打合せ会がもたれ、同年十月（十一月号）から月刊詩誌として新発足することになった。この第二次『四季』は昭和十九年（一九四四）に終刊号を出すまで、足かけ十一年のあいだに八十一号を出した。いわゆる四季派の抒情詩は、この雑誌を舞台にして花ひらいたわけである。

ところで第二次『四季』は、最初のころは堀辰雄、三好達治、丸山薫の三者による共同編集（代表者は堀辰雄）のかたちをとり、それに編集協力者として津村信夫、立原道造の二人が加わっていたが、十五号からは同人制に切りかえて、次第に陣容を拡充していった。五人の創刊同人のうち、三好達治は『測量船』（一九三〇）を、丸山薫は『帆・ランプ・鷗』（一九三二）を出してすでに一家を成しており、堀辰雄は『ルウベンスの偽画』や『麦藁帽子』（いずれも一九三二）によって注目された新進作家だった。津村信夫は創刊の年に慶大経済科をおえたばかりで、無名ながら多少は詩を公表した経験をもっていた。ところが立原はまだ東大建築科一年に在学中で、短歌はともかく世間的に一度も詩を発表したことのない、まったくの無名詩人だった。その立原が協力者というかたちではあれ編集の一員に加えられたのは、府立三中先輩の堀辰雄の推輓によるものだろう。ともかくもこうして立原は、名実ともに『四季』の詩人になっていくのである。

　さて、立原が『四季』に書いた最初の作品は第二号（昭和九年十二月号）の「村ぐらし」「詩は」の二篇である。立原はこの年の七月二十二日に初めて軽井沢に行き、室生犀星を訪ねたあと神津牧場、志賀、岩村田、小諸をへて追分に到着、同月二十五日から八月二十日まで油屋などに止宿して初めての「村ぐらし」を体験した。この期間中に追分の旅館永楽屋の孫娘、関鮎子を知り、彼女をアンナ・アンリエット・鮎子などと呼んだことは、立原ファンにはよく知られている。それはおそらく比喩以上の意味で立原における「村」のはじまりを、したがって本格的な詩作のはじまりを物語っていた。『四季』の創刊と村ぐらしと本格的な詩作のはじまりが、この年の夏に同時に起こったことは、何度でも強調されていい。ただ、立原の「村」は、このときの村ぐらしによって発見されたわけではなかった。それは実際の村ぐらしに先立って、あらかじめイメージのなかに形成されており、そのイメージが追分の村の風景を詩のなかに喚びこんだのだと考えられる。八つの短詩から成る連作「村ぐらし」の第三詩が何よりも雄弁にそれを語っているだろう。

虹を見てゐる娘たちよ
もう洗濯はすみました
真白い雲はおとなしく
船よりもゆつくりと
村の水たまりにさよならをする

われわれはすでに、これとまったく同じものを昭和八年（一九三三）十二月下旬につくられた手書き詩集『散歩詩集』のなかに見てきた。それはさらに同時期の物語「夏の死」のなかにも、そっくり同じかたちで引用されているだろう。すなわち、この「村」は少なくとも前年の秋までには成立していたはずであり、この夏の村ぐらしの所産ではないといわねばならない。とすれば、あの「ののおもひに」にうたわれた「さびしい村」もまた、一義的に追分の集落に対応させるわけにはいかないだろう。それはひとくちに風土の欠損が詩人のうちに招き寄せた風土の転倒だったといっていい。そして四季派の詩人たちを結びつける最も見やすいメルクマールは、この転倒された風景である。

四季派の詩人たちは、しばしば軽井沢に参集した。彼らの時代的な気圏が戦争直前の暗い青春の上にあったとすれば、その空間的な気圏は夏の軽井沢の明るい風土の上に成立したといっていい。

そしてこの暗さと明るさは、当然のことながら同じ盾の両面である。いま立原の年譜によって彼らの交友のあとをみておけば、それはざっと次のようなものである。

一九三五年　七月九日追分に行き油屋に止宿。十四日ごろ一時帰京し、二十一日再び追分へ。途中、富士見高原サナトリウムに堀辰雄を見舞い、また志賀高原上林温泉に療養中の三好達治を訪ねる。この夏、今井春枝を知る。九月下旬帰京。十一月、伊東静雄詩集『わがひとに与ふる哀歌』の、また十二月には津村信夫詩集『愛する神の歌』の出版記念会に出席。

一九三六年　二月「愛する神の歌」（津村信夫論）を『四季』第十五号に掲載。六月、室生犀星編『芥川龍之介読本』の編集を手伝う。七月八日、追分に行き、油屋で野村英夫を知る。八月二十五日帰京。二十七日から紀州路、奈良、名古屋、伊良湖岬を巡行。九月七日ごろ帰京。十三日追分へ。軽井沢の犀星宅に数日滞在。このころ寺田透に絶交状を書く。『四季』第二十二号に「のちのおもひに」掲載。十二月、萩原朔太郎をめぐる文芸座談会に出席。卒業論文「方法論」提出。

一九三七年　一月、追分に行き、初めて信州の雪を見る。三月、東大を卒業し、四月から石本建築事務所に勤務。六月、今井慶明（春枝の兄）作曲による「ゆふすげびとの歌」発表さる。七月、処女詩集『萱草に寄す』刊。七月十九日から一か月半ほど大森馬込の犀星宅に留守番として寄宿。八月五―八日、油屋滞在。この間に『四季』の会合がひらかれ、堀、三好、田中克己、河上徹太郎、深田久弥ら参集。十月上旬発熱し、約一か月自宅静養。十一月十五日追分に行き、堀辰雄、野村英夫らと暮らす。十九日、油屋炎上して焼け出され、二十二日、野村とともに帰京。十二月二十日、第二詩集『暁と夕の詩』刊行。

この三年間の動きを見るだけでも、立原の詩がいかに深く軽井沢とその周辺に牽引されているかがわかるだろう。事実、「村ぐらし」以降の立原の詩は、一篇の例外もなく軽井沢（追分）での体験に材をとっている。というより、立原にとって詩とは軽井沢（追分）のことであり、軽井沢（追分）は詩そのものである。何がこの転倒を用意したかについてはすでに触れたが、そこでの生活がどのようなものであったかは、前出の中村真一郎宛ての書簡に尽くされている。

> 僕の生は変転してやまない。何か気まぐれにさへ見えるゲニウスの導きに——そしてひらめいた短い思ひつきは僕を日常の世界でひとつの行為に追ひやる。僕は不意に頭に信州に行きたいとおもひうかべる。そして次に行かうとかんがへる。あわただしく僕の予定がかへられる。
>
> （中略）
>
> 自分の病んでゐる身体をときどき忘れてしまふくらゐ僕のこころはいま生き生きとしてゐるやうだ。だが眠りと夢とにそれはへりどられて不思議な日々のこころのあり方だ。これをやはり僕たちはひとつの病ひの形式にかんがへなくてはならないだらうか。僕らの良心がミユゾットのリルケをひとつの病ひだときめるならば。

それはやはり「ひとつの病ひの形式」であったろう。その「病ひの形式」のなかで、眠りと夢にふちどられた『四季』という不思議な精神のありようが現出したのだ。しかし、重要なことは、彼らがそれを「病ひの形式」だと自覚していたことである。自覚しながら「こころの病ひ」を病むことの悲しさ――そこには四季派の抒情詩のいっさいの意味が集約されているといってよい。

3

昭和十年代の軽井沢に成立した文学的な気圏は、やはりひとつの「病ひの形式」にほかならなかった。さびしくも美しいその「病ひの形式」のなかで、眠りと夢にふちどられた不思議な精神のありようが現出した。それをいま、われわれは正確に四季派の抒情と名づけることができる。だが、忘れてならないのは、立原道造がそれを「病ひの形式」として自覚し、その対極に「生きている人（々）」を、すなわち「永遠の日曜日をあこがれながら、つひに働きつづけることを強ひられている人（々）」を置いていたことである。社会的な病理現象としていえば、永遠に労働を強いられている人々の存在こそ、日本近代が生み出した大いなる「病ひの形式」でなければならないが、立原の位置からは、それは見えなかった。というより、昭和初年代に盛行したプロレタリア文学運動の全面的な総退却の過程で、あえてそれに眼をつむり、じっと己れの白い手をみつめるだけの閑暇を許された者のうえに、この静穏な「病ひの形式」は訪れたのである。

したがって、そのとき立原の眼に見えていたのは、その人々から「思ひやりと非難にみちたまなざし」で示される己れの「病ひの位置」だけであった。先験的に「病ひ」が存在したわけではない。

立原の心が病んでいたのでもない。まず「まなざし」によって「位置」が示され、次いでその「位置」にふさわしい「形式」が選ばれたのである。そしてこの「位置」を「形式」へ確認するためには、さらにもうひとつの「病ひの形式」が、すなわち抒情詩という形式が必要とされた。抒情詩という形式のなかで、「病ひ」はよくその「位置」を得るであろう。四季派の抒情詩は、まさにそのような「位置」と「形式」のはざまに成立したということができる。

四季派の抒情詩の成立を見るためには、立原とほぼ同時代に生きて立原とともに雑誌『四季』の基層を形成した津村信夫の詩を見るのが便利である。

津村信夫は、立原より五年早く明治四十二年（一九〇九）一月、神戸市に生まれた。父は法学博士号をもつ実業家。神戸一中から慶応義塾大学経済学部に進み、昭和十年（一九三五）に卒業して東京海上火災保険会社に入社したが三年余で退職。昭和十九年（一九四四）六月にアジソン病で没するまで著作活動に専念した。

慶応在学中から詩を書きはじめて室生犀星、丸山薫、堀辰雄らを知り、『三田文学』『四人』『文学』などの雑誌をへて昭和九年（一九三四）秋の『四季』創刊に加わった。ちなみに立原はこのとき二十歳、東大建築科に入学したばかりである。

その詩風をひとくちにいえば、昭和初年代のモダニズムの洗礼を受けた西洋的な知性に、生得のロマンティシズムを加味したもので、初期には主として女性への思慕や高原と海港の風物がうたわれ、やがて父や自身の日常生活に材をとった身辺雑記ふうのものへと移行する。そして最後には軽井沢を〝卒業〟し、同じ信州でも戸隠地方の人と風土をテーマにした散文や児童文学へと傾斜していくが、新境地を開拓するまえに三十五歳で病歿する。未完成のままに夭逝した点も含めて、立原とともに四季派の詩と青春を代表する詩人であったといっていい。

初期の代表作に「小扇」と題する一篇がある。

——嘗つてはミルキィ・ウエイと呼ばれし少女に——

指呼すれば、国境はひとすち(じ)の白い流れ。

高原を走る夏期電車の窓で、

貴女は小さな扇をひらいた。

初出は昭和七年(一九三二)七月発行の同人雑誌『四人』第四号。のちに第一詩集『愛する神の歌』(一九三五)に収められた。

冒頭の「、ミルキイ・ウエイと呼ばれし少女」について、室生犀星は『我が愛する詩人の伝記』のなかで、のちの津村夫人だと推定しているが、おそらくそんなはずはない。「嘗つて…呼ばれし」という過去形の表現を見ればわかるように、これは失われた恋の記念のために書かれたものであり、この恋は失われたがゆえに美しいのである。また人々は、この失恋の痛手が津村を詩人にしたのだと思いたがっているようだが、本末転倒もはなはだしい。津村信夫は詩人だから失恋をしたのであり、失恋の詩を書くためなら、相手は誰であってもかまわなかった。つまり、失恋をうたうということがすでに彼の「病ひの形式」であって、失恋そのものは「病ひ」の理由たりえないのである。

そのことは、ここで詩人の立っている「位置」を見れば明らかだろう。

指呼すれば、国境はひとすちの白い流れ。

詩人は国境の白い流れを指呼しうる高みに立っている。それは眼下の地平を指呼しうる空間的な高みであると同時に、かつてミルキイ・ウエイと呼ばれた少女とともに過した日々を指呼しうる時間的な高みでもある。すなわち、この「国境」は信州と上州を分ける空間的な仕切りであると同時に、過去と現在を分ける時間の区切りでもある。少なくとも過去の失恋の思い出が明確に対象化されていなければ、このような鋭角的なリリシズムは生まれてこない。いいかえれば、この詩はリリシズムの形式がさきにあって、そこへ恋の主題が呼びこまれている。この形式意識がモダニズムを通過した知の秩序感覚によってもたらされたものであることは、あらためていうまでもないだろう。「指呼すれば」というような構えた発語、「国境はひとすちの白い流れ」というような型にはまった比喩が、何よりも雄弁にそれを物語っている。

高原を走る夏期電車の窓で、

ここですみやかに視点の移動が行なわれる。遠景から近景へ焦点が引き絞られる。それでいて唐突な感じがしないのは、「高原」「夏期電車」といった詩語が、一行目で喚起された「国境」や「白い流れ」のイメージの延長線上にあり、いわば色調が統一されているからである。いや、もっと正確にいえば、第二行の「国境」と「白い流れ」は、第二行の「高原」と「夏期電車」を予定調和的に包蔵している。ともかくもこうして詩人の位置が国境線上を走る「高原」の「夏期電車」のなかにあることが示される。

貴女は小さな扇をひらいた。

ここで焦点はさらに引き絞られ、一個の「扇」に凝縮される。「扇」は「国境」や「高原」とは異質のイメージだが、このときにはすでに詩の形式が安定しているので、詩人も読者もそれを感受性の網目からとりこぼすようなことはない。むしろそのイメージの異質さが立体感をつくりだし、この詩の印象を奥ゆきの深いものにしているということができる。

みればわかるように、これは「眼」で読ませる詩である。「白い流れ」の直線が夏期電車の窓の方形に移行し、さらに「小さな扇」の三角形に収斂する。こうした視点の移動とかたちの変化のおもしろさがこの詩の眼目であり、それにくらべれば「失われた恋の思い出」というテーマなどは、文字通り些細な背景にすぎない。というより、一篇の詩を美的な形式たらしめようとする旺盛な形式意識のまえに、実体的な恋の思い出などは背景にかすんでしまうというような場所で、この詩は書かれている。それを詩人の「位置」と呼ぶことにすれば、この「位置」は習作時代におけるモダニズムの言語体験と、民衆の暗い「まなざし」によって与えられたものだといっていいが、それをみずからの詩の立脚点としつつ、「高原」や「夏期電車」といった修辞的な風景に結びつけたとき、津村における「病ひの形式」は完成したのである。そして、それは同時に四季派の抒情詩の成立をも意味していた。

どんなに奇矯に聞こえようと、四季派は抒情詩の思想や方法の名ではなく、ある時代の詩人たちの文学的交流圏の名であり、そのなかではぐくまれた感受性の形式の名である。それはまず他者の「まなざし」によって与えられ、次いでみずからが選んだ詩の形式となった。ただし、この形式は、詩のありようとしての、したがって詩人のありようとしての形式であって、いわゆるソネットや三行詩といった詩型のことではない。そのような意味でなら四季派はおよそ形式的な統一感を欠くエコールであった。たとえ遊び半分にしろ、そこでたとえば戦後のマチネ・ポエティク・グループのような形式論議が行なわれた形跡はない。形式に限らず、彼らはあらゆる文学運動と無縁であった。にもかかわらず、むしろそれゆえに、彼らはその後の文学史に決定的な影響を与えることができたのである。

こうした不思議な集団としてのありようを、堀辰雄の小説の題名を借りて「美しい村」と名づけてみれば、彼らは確かに「美しい村」の住民であり、その詩は「美しい村」という言語共同体の協働の産物であったが、しかし実体としての「美しい村」などはどこにも存在しなかった。それは彼ら自身の、詩人はかくあるべし、詩はかくあるべしというイデーのなかにしか存在しなかった。つまり「美しい村」自体がすでに彼らの詩の形式であったのである。津村信夫のさきの詩は、その間の事情を過不足なく語っているだろう。

もとより「美しい村」は現実の軽井沢に存在するといってみることも可能である。事実、従来の解説書の多くは、そのことを疑いなき大前堤としたうえで、それでは津村信夫の「夏期電車」はどこをどういうふうに走っていたかというような「事実」をめぐって書かれてきた。私はそのような研究方法をいちがいに否定しようとは思わないが、しかし、そのことによって津村信夫の何がわかるかということに関しては懐疑的たらざるをえない。

なるほど軽井沢は「美しい村」であったかもしれない。それが実体としても美しい村でなければ、おそらく作品「美しい村」が書かれることはなかった。だが、それを「美しい」と感じて文学的に形象化したのは、東京からきた病人と避暑客であって、その村の住民ではなかった。とすれば、それは彼らのうちなる風土の欠損が招き寄せたイデーの村であって、どのような意味でも風土そのものではなかったといわねばならない。このように本来、観念でしかないものに向かって、現実の風土のなかから「事実」の断片を拾いあげてあてはめることのむなしさは、あらためていうまでもない。

それにくらべれば、「美しい村」の詩人たちの多くが生理的にも病人であったことを指摘しておくほうが、はるかに有効である。昭和十年(一九三五)当時、堀辰雄は婚約者矢野綾子とともに富士見高原サナトリウムに入所しており、三好達治は志賀高原上林温泉に療養していた。追分油屋をべースに彼らを見舞って歩いた立原道造もまた二年後には同じ病いに倒れることになる。すなわち「美しい村」は、事実の問題としても、ひとつの「病ひの形式」であったのである。

津村信夫はおそらくそのことに気づいていた。彼はもともと『四季』の詩人たちのなかでは最も健康で人生肯定的な詩を書いていたが、昭和十年（一九三五）に第一詩集『愛する神の歌』を出したころから次第に信濃の自然と風物への愛着を深め、ついに信濃を主題にした散文や児童文学へ移行する。晩年の詩集『或る遍歴から』（一九四四）に「戸隠びと」と題する一篇がある。

善光寺の町で
鮭を一疋（いっぴき）さげた老人に行き逢つた
枯れた薄を着物につけて
それは山から降りてきた人
薪を背負つてきた男

「春になつたらお出かけなして」
一月の寒い晩
薪を売つて鮭を買つた
老人は小指が一本足りなかつた

ここにはもはや「美しい村」の青いリリシズムはない。そのかわり風土に根ざした生活者のリアリティがある。詩人はすでに「思ひやりと非難にみちたまなざし」で示される「病ひの位置」を脱している。それが何によってもたらされたかを見るのは、独立した津村信夫論の主題に属するだろう。ただひとことといっておけば、それは彼が生理的に「眼」の詩人であったことと無縁ではない。「眼」を「散文精神」といいかえても同じことだが、すべてを見ようとした詩人は、「美しい村」の仮構に長くとどまることができなかった。逆にいえぱ、彼の「病ひ」はそれほど重くなかったのだといえる。ちなみに「耳」の詩人立原道造は、このころ「日木浪曼派」への傾斜を強めつつあった。それもまた立原なりの「美しい村」からの脱出にほかならなかったが、おそらくはその抒情の質のために「病ひ」を克服するには至らなかった。立原が津村と同じ命数を生きたとして、彼がどこへ行ったかを推しはかるのは容易でないが、それがこの「戸隠びと」の世界でなかったことだけは確かだと思われる。いずれにしろ、同じ四季派の詩人のあいだにも、数年を出ずしてこれだけの振幅が生じた。四季派の抒情詩が思想や方法の産物でなかったことは、この一事をもってしても明らかである。

4

さて、立原の第二詩集であり、生前最後の詩集となった『暁と夕の詩』は、「風信子叢書」の第二篇として、昭和十二年（一九三七）十二月十五日、四季社から刊行された。判型は第一詩集と同じ菊倍判（楽譜型）、本文十二ページ。十四行詩十篇の構成で、昭和十年九月から十二年七月にかけて書かれた作品から採られている。ただし、詩集名の『暁と夕の詩』は、前年四月に発表された作品「小譚詩」の副題であり、さらに『四季』昭和十二年七月号所載のエッセイ「風信子㈠」にはすでにこの詩集の構成が語られているから、構想決定は遅くとも第一詩集の刊行に先立つ同年春ごろにさかのぼるはずである。したがって、この二冊の詩集は、立原の表現史の二つの時代をあらわすものというより、一つの時代の表現の二つのヴァリエイションと解すべきものだが、収録作品の制作時期には若干のずれがあり、それが両者のあいだに微妙な偏差をつくりだしている。第二詩集の特徴をひとことでいえば、詩がますます人工的に巧緻になり、その分だけ喪失感が深まっていることだろう。たとえば「小譚詩」と題された作品がある。

一人はあかりをつけることが出来た
そのそばで　本をよむのは別の人だつた
しづかな部屋だから　低い声が
それが隅の方にまで　よく聞えた（みんなはきいてゐた）

一人はあかりを消すことが出来た
そのそばで　眠るのは別の人だつた
糸紡ぎの女が子守の唄をうたつてきかせた

それが窓の外にまで　よく聞えた（みんなはきいてゐた）
幾夜も幾夜もおんなじやうに過ぎて行つた……
風が叫んで　塔の上で　雄鶏が知らせた
――兵士（ジアツク）は旗を持て　驢馬は鈴を掻き鳴らせ！

それから　朝が来た　ほんとうの朝が来た
また夜が来た　また　あたらしい夜が来た
その部屋は　からつぽに　のこされたままだつた

初出は『四季』昭和十一年（一九三六）五月号。前述のように「暁と夕の詩・第三番」と副題されている。この「第三番」が詩集の掲載順序とともに音楽の曲番を含意していることは、「風信子㈡」で詩集の構成にふれて「独逸風なフルート曲集らしく」と書いていることからも明らかである。つまり、これは基本的には「歌」なのである。立原道造が昭和の詩に「歌」を回復させたというとき、人はそれを直線的に「抒情」のことだと錯覚しがちだが、第一義的にはそれは「音楽」である。立原道造は何よりも「音楽の状態」にあこがれた詩人であった。ただし、このことは、彼が「音楽」に合わせて詩をつくったことを意味しない。もしそうであれば、彼は己れのうちに「病ひ」を自覚することはなかったに違いない。そうではなく、彼は詩によって「音楽」をつくろうとした、つまり詩を「音楽の状態」にまで高めようとしたのである。

そのために詩のことばから実体的なあらゆる「意味」がこそぎ落とされた事情についてはすでに述べた。音楽の形式にかわるものとして非現実的な物語の枠組みが導入されたことも、すでに見てきた。この物語が音楽の主題に相当することは、あらためていうまでもない。それでは、音楽のテンポやリズムに相当するものとして何が用意されたかといえば、それはけっきょくことばのリズムと、同じことだが対句や脚韻といった古典的な「修辞」以外のものではなかった。結果的にいえば、この点に立原の最も大きな誤算があったといえる。詩はどこまで行っても詩でしかありえない。それは音楽がどこまで行っても音楽でしかありえないのと同じように、いわば表現形式の宿命といっていいものだが、すでに実生活に見切りをつけて「芸術家」としての宿命に身をゆだねていた立原は、こうした形式の宿命を信ずることができなかったのである。

もとより立原に詩と音楽の違いがわからなかったはずはない。昭和十年前後のノートを見れば、音楽へのあこがれとともに、それに対比した詩形式のもどかしさが繰り返し語られているだろう。しかし彼は、詩の本質がことばにあり、ことばの本質は意味にあるという最も基本的な認識を欠いていた(欠かざるをえなかった)ために、詩を音楽に近づけようとすればするほど、それはかえって音楽から遠ざかるという逆説に気がつかなかった。立原の詩が音楽的な巧緻と洗練におもむくにつれて次第に詩としての感動を失っていくのは、おそらくそのためである。

たとえばこの詩の第一連は、あかりをつける人、本を読む人、それを聞いている人という三者の対照によって平和な夕暮れの到来を描き出し、第二連ではそれを承けて、あかりを消す人、眠る人、糸紡ぎの女の子の子守唄、その子守唄を聞く人というように対句的に転調させながら「夜」の主題を掲示する。第三連では、一行目の「幾夜も幾夜もおんなじやうに過ぎて行つた……」で前二連を承けながら、二行目の「風が叫んで」以後にわかに急迫調に変わり、三行目の「兵士（ジアック）は旗を持て驢馬は鈴を掻き鳴らせ！」でいっきにクライマックスに達する。そして第四連では再び気息をととのえて、「ほんとうの朝」「あたらしい夜」の到来がうたわれ、最後に「その部屋はからつぽに　のこされたままだつた」という深い喪失感が示される。

　この起承転結を踏まえた構成の見事さは、さながら四楽章からなるフルートのための小譚曲を思わせるといってよく、立原の抒情詩人としての資質が遺憾なく発揮された作品であるといえるだろう。また立原の詩人としてのあたらしさは、「一人はあかりをつけることが出来た／そのそばで本をよむのは別の人だつた」というような散文脈の組合せによって、従来の短歌や文語定型詩にはない新しい「歌」をつくりだしたところにもあらわれているだろう。その意味でこれは立原の詩の技術的な到達点を示す作品だといっていいのだが、それによって何がもたらされたかといえば、私は首をかしげざるをえない。余人は知らず私にとって、この詩は人が詩人であることの無意味さ以外に何事も伝えてはこない。主題の提示がさりげなくたくみであればあるほど、また転調の仕方が見事であればあるほど、この徒労感は深まるといわねばならぬ。そこで私は、詩人が伝えようとしたのは、実はこの徒労感ではなかったかということに気づく。よろしい、徒労感は確かに私に伝わった。では私はそこからどこへ歩き出せばいいのか。そして詩人は？

　もとよりこの詩から徒労感以外のものを受けとる読み方がないわけではない。たとえばある詩人はここに「童話的表現ながら、戦争の響きが表現され」ており、「驚くほど現実性が盛られている」という。また別の国文学者は「追分の夏に繰りひろげられた青春絵巻」と、それが過ぎ去ったあとの「哀惜」がうたわれているという。こうした見解は、たしかにいくぶんかの真実を含んでいるだろう。戦争がなければこの詩が書かれることはなかったし、「美しい村」での青春がなければ、それがこのような「童話的表現」をとることもなかったに違いない。からっぽの部屋が何の形象であろうと、それが戦争と青春という二つの要素から成立していることだけは疑う余地がない。

だが、そこで見落とされてならないのは、「童話的表現ながら、戦争の響きが表現され」たのではなく、戦争の響きがあったからこそ、それは童話的表現たらざるをえなかったということであり、また童話的な表現が「現実」的であることなど絶対にありえないという当たりまえの事実である。そして追分の夏の青春絵巻が真に「哀惜」するに足るほどのものであったならば、彼はなぜ「ほんとうの朝」と「あたらしい夜」の果てに「からつぽの部屋」を見出さなければならなかったのか、それは実は最初から「からつぽ」だったのではないかという当然すぎる疑問である。

私の考えでは、この詩は「意味」としてはほとんど何事をも語っていない。そしてまさにそのことによって、語ることのない青春の「意味」を完璧に語り出している。立原が音楽に身を添わせることによって到達したのは、このような「意味」を超えた無意味であった。それが私を甘美な徒労感へと誘ってやまないのである。

また、こういう作品がある。

おやすみ　やさしい顔した娘たち
おやすみ　やはらかな黒い髪を編んで
おまへらの枕もとに胡桃色にともされた燭台のまはりには
快活な何かが宿つてゐる（世界中はさらさらと粉の雪）

私はいつまでもうたつてゐてあげよう
私はくらい窓の外に　さうして窓のうちに
それから　眠りのうちに　おまへらの夢のおくに
それから　くりかへしくりかへして　うたつてゐてあげよう

ともし火のやうに
風のやうに　星のやうに
私の声はひとふしにあちらこちらと……

するとおまへらは　林檎の白い花が咲き
ちひさい緑の実を結び　それが快い速さで赤く熟れるのを
短い間に　眠りながら　見たりするであらう

（「眠りの誘ひ」）

この詩の初出は、紫式部学会編集の月刊教養雑誌『むらさき』の昭和十二年（一九三七）二月号で、制作時期は前年の秋から冬のあいだと推定される。ちなみに詩集『暁と夕の詩』の大部分は、失われたものへの哀傷を主題にしたもので、多少とも人生を肯定的にうたったものは、さきの「小譚詩」とこの詩の二篇だけである。それがいずれもメルヘンふうの世界であることは、立原の詩の「位置」をうかがわせて興味深い。

さて、この詩のめざましい特徴のひとつは、立原の詩では例外的にダイアローグがあり、未来がうたわれていることである。立原は基本的に過去形で詩を書く詩人であり、追憶とモノローグの詩人であった。第一詩集に収められた「のちのおもひに」はその典型であり、そこでは「見てきたものを／だれもきいてゐないと知りながら」語りつづける詩人の自画像が提示されていた。第二詩集の作品も、これを除けばほぼ例外なく、過ぎ去った日々への追憶をモノローグとして語り出すという形式をとっている。そのことは、たとえば「或る風に寄せて」「真冬の夜の雨に」「失はれた夜に」といった題名を列記するだけでも、ある程度は予測がつくだろう。ひとくちにいえば、立原のモノローグの世界は、それが失われたあとでなければ成立しないという性格をもっている。

ところが、ここで詩人は「おやすみ　やさしい顔した娘たち」「私はいつまでもうたつてゐてあげよう」と語りかけ、しかも娘たちの眠りの守護神の役割をさえ引き受けようとする。「私の声」が娘たちの眠りのなかに林檎の白い花を咲かせ、それは快い速さで赤く熟れていくだろうと、自信をもって言い切っている。この「声」は必ずしもそのまま彼の詩を意味するわけではないだろうが、それにしてもこの詩人が、自分の詩の役割についてこれほど楽天的であったことはかつてなかった。ここにはもはや、人々の「まなざし」に射すくめられていた、あの白面の抒情詩人はいない。彼は疑いもなく誰かに聞かせるつもりで、この詩を書いている。

だが、それならば、その声は誰かに届いたのであろうか。注意深い読者なら、これが通常の意味でのダイアローグではないことに、すなわち、ここには対話の相手がいないことに気づくはずである。娘たちはすでに眠っている。仮りに眼ざめていたとしても、幼い娘たちは詩人の対話者たりえない。対話者がいなければダイアローグは成立しない。したがってそれはダイアローグのかたちを借りたモノローグであり、ダイアローグの仮装にすぎない。すなわち詩人はここでもまた「だれもきいてゐないと知りながら」己れのために語りつづけている。ここまでくれば、われわれはそれを正確にナルシシズムと名づけることができるだろう。詩のすみやかな開花と結実と成熟を切望していたのは、他のだれでもなく詩人自身であり、それを聞かせる相手もまた、詩人をおいてほかにはいなかった。この詩の限りなく甘美でやさしいイメージの、それがおそらく理由である。ただ、詩の成熟を夢のなかにしか期待しえず、事実、夢のなかでのみ自由に未来を想いえがくことができたところに、この詩人のどうしようもない「病ひの形式」があった。その間の背理は、昭和十二年（一九三七）十二月十五日付け猪野謙二宛て書簡の次の一節に余すところなく語られているだろう。

美しい幸福の場所で　自分を考へるまへに　僕は　光と闇に就て　何かしら決意せねばならない。決意は　常に　たたかひだつた、最も隠微な意味でさへ、僕らは　日常で　たたかひつつあつた。この孤立は　もう避けられない。すべては肯定であり、すべては讃歌であるとき、ひとつの魂は否定に酔ひ、哀歌に沈みゆく。このやうな時期に、中間者の書、暁と夕の詩を　僕を愛するすべての人（僕はすでに彼らを拒絶した）に献ずる。「暁と夕の薄明の　それぞれの中間としての夜と昼と、生きたる者と死したる者とのそれぞれの中間としての「死人と　人間と。」永遠の今とは、敗滅する空間の無限の肯定の意志である時間との　中間者であらねばならない。だが「汝・死ぬなかれ」この至上命令を忘れてはゐないのだ、死の観念は　すでに生の姿にかさなつてゐる。追憶のなかで死んだすべての風景が生きかへるのを見るときに　僕ら　現在の一切が死に行くのを見る。が、汝・死ぬなかれ！　と叫ばねばならぬ——刹那よ！とどまれ！　といふ言葉にひとしい　悲哀と高揚と歓喜に於て。

「だれもきいてゐないと知りながら語りつづける」という立原のモノローグは、このような書簡文にも徹底していて、詩集の近刊予告としてこれを受けとった友人は面喰ったに違いないが、ここから二十三歳の青年詩人の客気と衒い(てら)を差し引けば、それほど大したことが書かれているわけではない。ただ、このころ、ソフィスティケーションによらなければ語りえない深い危機感が詩人を訪れていたことだけは確かであり、それはとりあえず「僕を愛するすべての人」——四季派に対する拒絶と孤立というかたちをとってあらわれた。ここから「美しい村」の自己否定ともいうべき「堀辰雄論」までの距離はあと一歩であり、それはまた、もうひとつの大きな「病ひの形式」としての日本浪曼派への接近をも物語っていた。

第四章　風立ちぬ——立原道造の終焉

1

立原道造における生活と芸術の危機は、第二詩集『暁と夕の詩』の刊行直後に、すなわち昭和十二年（一九三七）暮れから昭和十三年（一九三八）のはじめにかけて突然に訪れた。それは一方で生活の基盤となる体力の消耗というかたちをとってあらわれ、他方では芸術の全円性に対する根深い不信というかたちをとってあらわれた。この詩人にあって、生活と芸術はすでに別物ではありえなかったから、それはひとつの危機感のふたとおりのあらわれであったといえなくもない。すなわち芸術への不信が体力の消耗をもたらし、体力の消耗がまた芸術への不信を深めたのである。

こうした危機感がどこからやってきたかをいうのは容易でないが、それがどこへ行きついたかは、誰の目にも明らかである。すなわちそれは翌昭和十四年（一九三九）三月の詩人の死に行きついた。その意味で、それはこの病める形式の詩人に最後にとりついた、死に至る病いであったということができる。そしてわれわれの抒情詩はなお、この最後の病いから解放されてはいない。

立原の危機感が第一詩集『暁と夕の詩』のなかにいちはやく胚胎していた事情については、すでに述べた。それは四季派の抒情詩の完成を示すものでありながら、同時に『四季』および四季派的なもの――すなわち「美しい村」への訣別を前提に成立していた。詩集刊行に先立って友人に宛てた書簡の一節で、詩人はこの「中間者の書」を「僕を愛するすべての人（僕はすでに彼らを拒絶した）に献ずる」と書いていたはずである。すでに拒絶した人々に対して、にもかかわらず一書を献じざるをえないところで、この中間者の背理は輝いていたはずである。

それならば、詩の一日が暮れてのち、なお彼がひとりの抒情詩人でありつづけようとすれば、その夜の詩は誰に向けて書かれねばならないか。それはとりあえず自分の芸術をつくった四季派の最深部へ向けてであり、これから生活をともにしようとする一人の女性に向けてである。われわれはそれを立原のほとんど唯一のといっていい評論『風立ちぬ』と、死後に刊行された詩集『優しき歌』に見ることができる。

「風立ちぬ」は、『四季』の昭和十三年（一九三八）六、七、十二月号に、三回にわたって分載された。角川版全集第四巻には、さらに「風立ちぬ補遺」が収録されているが、これは内容的に第三回発表分（Ⅶ―Ⅷ）の別稿とみてよい。したがって執筆時期は、本文、補遺ともに昭和十三年四月ごろから十月ごろまでの約半年間であり、結果的にいえば、立原の詩人としての最後の日々は、「風立ちぬ」執筆のために費やされたことになる。それが堀辰雄批判の名を借りた自己否定の書（立原は当初これを一冊の本として構想していた）であったことを考えれば、われわれはこの詩人に対する歳月の残酷さを思わないわけにはいかない。

さて、「風立ちぬ」の冒頭には、次のようなプロローグが掲げられている。

——あなたに感謝を言ふのが、元来この告白の意味なのです「指導と信従」

これはもちろん立原自身の言葉ではなく、その前年に芳賀檀の訳で出たハンス・カロッサ作『指導と信従』の冒頭の一節である。昭和十年代の詩人がカロッサを読んでいたことは少しも不思議ではないが、それが『古典の親衛隊』の著者の訳になるものであり、しかも立原がそれを自分の堀辰雄論の冒頭に持ってきたことは、きわめて暗示的である。もとよりそれは、この詩人論の趣旨が「あなた」への批判にあるのではなく、何よりも「感謝」に根ざしたものだという「意味」の暗合を示しているが、一方でこのようなソフィスティケーションに頼らなければ、その「感謝」をさえ表白できないという立原の心的なコンプレックスを表わしているだろう。いいかえれば立原は、ハンス・カロッサによって、より正確には芳賀檀によって、恩師堀辰雄の「指導」とそれへの「信従」を断ち切ろうとしたのである。したがってそれは、立原における四季派への訣別と日本浪曼派への親近を象徴する一幕であるといってよいのだが、そのためにはまず、立原の日本浪曼派への接近が、どこでどのように行なわれたかを見ておかねばならない。

私たちはすでに立原が第二詩集の刊行を告げる友人宛ての手紙の一節に《美しい幸福の場所で自分を考へるまへに　僕は　光と闇に就て　何かしら決意しなければならない。決意は　常にたたかひだつた、最も隠微な意味でさへ、僕らは　日常で　たたかひつつあつた。この孤立はもう避けられない》と書いたことを知っているが、その前段には、さらに次のような烈しい言葉が置かれている。

大きな波小さな波をくりかへしてさびしさとちひさい希望と悲哀と死とが　僕を　ながすやうに襲ふ。君が　少女らの影響を瞼にうつすとき　僕はもつと異常なもの　人間を拒絶するもの美と寂寥にみちたものの　影絵むしろ実体に対決する。耐へられない　ここのうすい空気は！

（昭和十二年十二月十五日付け猪野謙二宛て書簡）

このような焦躁感が詩人の生理によるのか方法的な懐疑によるのか、それともこの年大学を卒業して石本建築事務所に勤めはじめたという新しい体験によるものなのか、にわかに断定するわけにはいかない。それはおそらく、そのいずれでもあり、いずれでもなかったに違いない。危機感はいつも予告なしに人を訪れ、全身的に彼をとらえる。もしその理由がはっきりしていれば、それは危機とは呼べないだろう。だが、立原のこのような危機感の背景に、近づきつつある戦争が濃い影を落としていたことだけは疑う余地がない。深澤紅子の近著『追憶の詩人たち』に収められた「立原道造さんのこと」は、当時の詩人のおもかげを印象的に伝えている。

彼、道造は、ある日こんなことを言いました。友達が皆戦争に行ってしまって、銀座を、風の吹く銀座を歩いているのは僕一人っきりになるかもしれない。——何と寒々しい寂しい風景でしょう。まだそれ程戦争を気にしている人の少なかった昭和十一年頃の話です。そして彼は兵隊にはなれないという自分の健康の不備も自覚していたのでしょうか。そんな話をきいた時私はふざけて、道造さんには兵隊服がよく似合いそうなのに、もったいない、と言えば、とっさに直立不動の姿勢をとって敬礼をするかっこうをしながら、慰問袋がほしいのであります、と、ふざけ返すような人でもありました。

この風景がさびしいのは、詩人が一人で風の銀座通りを歩いているからではない。立原自身の言葉でいえば、「美しい幸福の場所」にあって幸福に酔うことができず、「僕一人っきりになるかもしれない」という予感におびえている、その孤立がさびしいのである。そして、それは必ずしも「健康の不備」のためばかりではなかっただろう。仮りに健康に恵まれていたとしても、彼は兵隊には、少なくともいい兵隊にはなれなかったに違いない。兵隊になれないという、まさにそのことが、立原道造を抒情詩人にしたのだし、彼をして「ここのうすい空気は！」と叫ばしめたはずだからである。《君が　少女らの影響を喩にうつすとき　僕はもつと異常なもの　人間を拒絶するもの　美と寂寥にみちたものの　影絵むしろ実体に対決する》という書簡の一節は、このとき詩人が何に耐えていたかを物語っている。それはつねに絶えることのない心のなかのたたかいであった。

しかし、それはいうまでもなく必敗のたたかいである。どのような留保をつけようとも、「影絵」はついに「影絵」であって「実体」とはなりえない。堀辰雄の「指導と信従」による四季派の「美しい村」は、いわばこの「影絵」を「実体」とみなす錯覚のうえに成立していたが、すでに芸術と生活の肉離れを自覚していた詩人にとって、その空気のうすさは耐えがたかった。詩人にこの自覚をもたらしたものは、ひとつにはもちろん残り少ない命数への予感といったものだが、その予感を顕在化させたものとしての戦争の影を見落とすわけにはいかない。いいかえれば立原道造の内心のたたかいを準備したのは、外部で顕在化しつつあったたたかい——すなわち戦争の影にほかならなかったのである。

日本浪曼派は、このようなたたかいの最中に詩人の心を訪れ、孤独のとなりに座を占めた。詩人がみずからそこへ出向いていったというのではない。詩人はどこへも行こうとはしなかった。そうではなく、それは詩人の心の空白に誘われて、向こうからこちらへやってきたのである。「風立ちぬ」の執筆開始より約三か月早く、立原は芳賀檀に宛てて、要旨次のような手紙を書いている。

どのやうにして私が、あの本を受け取つたか、あるひはうけとりつゝあるかおそらく想像を超えてゐることでありませう。ひとつのちひさい燈火の下で夜々は限りない長い祝祭となりました。どこの深さで私はこの本をよんでゐるのか——ただひとつの大きな世界との出会に驚きと悦びが溢れるばかりであります。私はどのやうに変様するか知れません。（中略）私もまたひとりの武装せる戦士！　この変様に無限に出発する生！（中略）「危険のある所、救ふ者又生育す。」とは何といふ美しい言葉なのでせう。私が不幸な意志のために嘗て招待された曠原での孤独な火のした祝祭の追憶が、私を最早眠れなくしたときに。追憶とは時間のなかでよりむしろひとつの空間のなかで私に悲哀の限界を示してゐるものではなかつたでせうか。悲哀と期待との――。私はこの本が破つてをられる限界をこえて私の生を新しい生に導きたいとおもひます。「指導と信従」が私を生かしてくれた月のあと、私は突然に暴力的に死なねばならなかつたのです。私はふたたび限界なしに新しい生にいそぎます。

見ればわかるように、これは芳賀から新著『古典の親衛隊』を贈られたのに対する礼状として書かれたもので、『日本浪曼派』昭和十三年（一九三八）三月号の「古典の親衛隊特集」に抜粋掲載された。立原の「変様」と「出発」をあざやかに示す好個の資料である。

念のために記しておけば、芳賀檀は明治三十二年（一八九九）生まれで、立原より十五歳年長のドイツ文学者である。『四季』『日本浪曼派』同人、『コギト』の有力寄稿家として知られ、その著『古典の親衛隊』は昭和十二年（一九三七）十二月冨山房から刊行された。文芸評論のほかにゲーテ、カロッサ、リルケなどの翻訳があり、保田與重郎と並んで日本浪曼派を代表する論客である。

立原の日本浪曼派への接近は、ほとんどこの芳賀を通じて行なわれた。というより、その日本浪曼派体験と見えるものは、実は芳賀の訳になるドイツ・ロマン派体験のことだといっていい形跡がある。すなわち彼は「Herrn Haga Mayumi gewidmet」（芳賀檀氏へ）の副題をもった作品「何処へ？」を書いたことはあっても、日本浪曼派そのもののために、日本浪曼派的な詩を書いたことは一度もない。その意味でなら、立原道造はついに日本浪曼派になりそこねた四季派の詩人ということになるかもしれない。

いずれにしろ立原が、この本に出会って受けた影響の深刻さは、この文体ひとつをとってみても明らかである。礼状としての過大な讃辞や謙譲を差し引いても、文体への影響のあとだけは歴然としてそこに残る――というふうに、この書簡文は書かれている。「私もまたひとりの武装せる戦士！」というようないかめしい言い方を、昨日までの立原は絶対にしなかった。およそ、ある詩人が別の文学者から影響を受けるというとき、彼がそこで何を受けとったかというようなことは、実は大した問題ではない。ただで受けとったものは、やがてただで他人の手に渡ることになるだろう。しかし、文体をまるごと受けとったとき、それは彼の文学を変容させずにはおかない。立原がここで芳賀から受けとったものは、そのような意味での文体であった。「この変様に無限に出発する生」「限界をこえて私の生を新しい生に導きたい」といった高揚した物言いが、その間の事情を物語っているだろう。今日から見れば、それは決して「無限の出発」でも「新しい生」でもなく、詩という「影絵」の向こうにもうひとつの「影絵」を見ることにほかならなかったのだが、芸術と生活をめぐる必敗のたたかいのなかで、その「無限」が信じられたとき、立原はたしかに見事な「変様」をとげたのである。そしてそのためには、かつてあの「曠原」（軽井沢・追分）に展開された祝祭の日々は「暴力的」に死なねばならなかった。すなわち彼の「変様」は、出発と同時に死をも意味していたのである。

このように見てくれれば、「風立ちぬ」の冒頭にカロッサの一行が置かれていたことの意味は明らかである。芳賀檀への手紙が立原のやや性急な「出発」宣言であったとすれば、その三か月後に書きはじめられた「風立ちぬ」は、自己の「変様」のあとを振りかえり、「出発」の意味を再確認する自己検証の書であったということができる。それが証拠に、立原はここで堀辰雄にことよせて自分のことを語っている。むしろ自分を語るために堀辰雄を引き合いに出しているといったほうが正確である。彼はもともと自分を語ることの好きな詩人だったが、それは詩の主格か物語の主人公としてに限られており、散文のかたちでこれほど明らさまに自分を語ったことはなかった。立原の「変様」は、そういうところにも表われているだろう。たとえば「風立ちぬ」の第一章は、次のように書き出されている。

詩人はどのやうな日にこれらの作品を僕らのまへに示したか、堀辰雄の植物のそれに類似する魂の生育にあつてこれらがどのやうな意味を持つか。嘗て、この詩人にあつて、営みはすべて、土曜日に近く、音楽のなかでのみ、或は美しい村と物語との世界でのみ、ひとりつつましく営まれた。今、僕らの眼のまへにあるこの一冊の本もまたそのやうなものとしてうけとられるべきものであらうか。

これは詩人論の、あるいは作品論の書き出しとしてはずいぶん奇妙なものである。立原はここで一冊の本の意味をはかるために、まずその差し出され方を問題にしている。次いでそれが作者の「魂の生育」にとって何物であったかを問うている。そのあとに唐突に方法的な評価が示される。要するにこれは彼我の関係論であって、作家論にも作品論にもなっていない。発表の場が二人の所属する同人雑誌であったことを念頭においてもなお、ここにはおよそ何かを論じる際の距離感というものがない。距離感のないところで対象を論じようとすれば、それは結局、自分の影を語ることになってしまう。この文章の後段の、堀辰雄の文学的な「営み」についてふれた部分が、そっくりそのまま立原自身の自画像になってしまっているのは、おそらくそのためである。いいかえれば立原は、かつての自分を「暴力的」に圧殺したあとで初めて正確な自画像を描くことができたのだが、それがそっくり堀辰雄の顔に重なってしまったところに、この両者のどうしようもなく不幸な関係があったといわねばならない。

さて、この他人の顔をした自画像は、次のように展開される。

詩とは、彼にとつて「描くべきもの」として生れた。では、彼の場合、「描く」とは何か。絵の具が何よりもさきに与へられたことである。そして、そのあと、彼は何を「描かう」かとかんがへたことにある。あらゆる人生の経験より先に、何かしら淡々しいもの甘美なものそしてあたたかいもの、しかしたそがれのものが与へられてゐたのである。彼の「描く」営みは、この与へられた絵の具によつて一枚の絵をつくつてゆくことにあつた。従つてその絵は人生の発見、斫断でなく、ひとつの純粋な絵をつくり出すためにのみあつた。このとき、「描く」とは、夢のやうなものであつて現実ではなく、戯れであつても真剣な行為ではない。

ここでもまた立原は自画像を描いている。あらゆる人生の経験より先に「何かしら淡々しいもの甘美なものそしてあたたかいもの、しかしたそがれのもの」をうたいつづけてきたのは、他の誰でもなく立原自身だった。そしてこの自画像は、自分について正確である分だけ、堀辰雄についても正確である。堀はたしかに人生を発見するまえに「絵の具」を与えられた詩人であり、その絵の具を使って、自分の生理を一枚の風景画のように描いてきた。純粋といえば、これほど純粋な表現者も珍しい。だが、立原はそれを「夢のやうなものであつて現実ではなく、戯れであつても真剣な行為ではない」といって非難する。それなら夢でない現実とは、真剣な行為とは何か。立原にもそれが見えていたわけではなかった。見えていたわけではないが、しかし、見なければいけないことだけは見えていた。だから彼は、見ることの必要について次のようにいう。

彼に先行してゐた絵の具は、見るためには何の力に（も）ならない。描かれるためにあつた外部の美しい風景は、もはや描かれるためとして待つてはゐない。絵の具も風景も彼を見すてた。あたらしく彼が生きるためには見ることを学ばねばならなくなつた（て）ゐたのである。

これは『聖家族』『恢復期』から『美しい村』『物語の女』に至る時期の堀辰雄についていわれた言葉だが、この「彼」はもちろん「私」に置き換えることが可能である。「描く」ことに先行して「絵の具」が与えられていたために、「彼」は自分の内側をあたかも裏返された風景のように精密に描き分けることが可能になり、またそのおかげで「超現実」への惨落をまぬがれることができたのだが、しかしそれは現実を見る上では何の力にもならない、外部の風景は（内部の風景のようには）描かれるのを待っていてはくれない――という嘆きは、何よりもまずこの時期の立原自身のものだったはずである。そして「絵の具」も「風景」（外部の現実）も彼を見すてたいま、新しく生きるために彼は「見る」ことを学ばなければならない。だが、それを学ぶことは、いつ、どのようにして可能なのか。

このとき立原道造は、詩を書きはじめて以来最大の難関に直面していたといっていい。堀や立原に限らず、詩とは誰にとってもまず「描くべきもの」として存在する。「描く」ためには「絵の具」が必要である。そして誰もその「絵の具」を自分で手に入れるわけではない。それはいずれにせよ他人によって与えられる。こうして自分の「絵の具」を手にしたとき、人は初めて「何」を描こうかと考える。すなわち言語はつねに主題に先行する。社会主義レアリスムであろうと、シュルレアリスムであろうと、もちろんドイツ・ロマン派であろうと、これはおよそ言語表現にまつわる宿命であって、この過程に逆過程はない。どんな天才といえども、当代の言語規範から自分の言語を選び、それで自分の絵を描く以外に方法はないのである。だから立原が堀辰雄の文学的な資質について「絵の具が何よりもさきに与へられていた」というとき、それは堀についても立原自身についても何ひとつ説明したことにはなっていないのだが、にもかかわらず、むしろそれゆえに、それは彼らの不幸な文学的資質について何事かを語っていたというべきである。つまり、彼らに現実の風景が見えなかったのは、何もその感受性や資質のせいなどではなく、音楽や物語の世界のなかでのみ営まれた芸術と生活の方法のせいだったのだが、外部世界の「変様」によってその芸術と生活に肉離れが生じたとき、彼らはそれを資質の問題に一元化する以外に方法を知らなかったのである。立原の危機感はおそらくここに発しており、そこから「見る」ことの必要性が叫ばれているのだが、そのとき彼が見落とし、いまもなお見落とされつづけているのは、詩はなぜ「夢のやうなもの」や

「戯れ」であってはいけないのかという問題である。

人が詩を書くことによって手に入れるものは、所詮たかが知れている。詩は飢えた子供のために何物ももたらしはしない。にもかかわらず彼が詩を書くのは、それが彼にとって（あるいは彼の読者にとって）必要だからである。とすれば、それが「夢のやうなもの」や「戯れ」であっていけないはずはない。「現実」や「真剣な行為」などというやくざなものは兵隊どもにまかせておくがいい。紅旗征戎わがことにあらず。四季派の詩人のひとりとして、彼は当然そういえたはずであり、またそういわなければならなかった。「美しい村」は、何よりもそうした美しい観念の上に成立していたのだし、彼らの詩にもし価値があるとすれば、それはこの観念のリアリティのほかにはなかったはずだからである。

だが、彼はそうしなかった。というより、できなかった。すでに「永遠の日曜日をあこがれながら、つひに働きつづけることを強ひられている人」から「思ひやりと非難にみちたまなざしで示される」自分の「病ひの位置」を自覚していた詩人にとって、この「土曜日」に近い「営み」のなかに居直ることは許されなかった。それが他者のまなざしによって示される位置である限り、まなざしの角度が変われば、当然位置も移されなければならない。戦争がその角度を変えた。そのとき、彼が「空気のうすさ」を感じとったのは当然であるといわねばならぬ。それなら彼はどこへ行けばよかったか。いまさら兵隊にはなれない。そうかといって「美しい村」に引き返すことも不可能である。そこで彼はその位置にいて、ただ文体だけを変えてみることにした。「私もまたひとりの武装せる戦士！」。立原道造の日本浪曼派への接近とは、つまるところそのようなものであったといってよい。

もとよりこれは余りにも図式的な見方である。この図式からこぼれ落ちる多くのものがあって、立原の「変様」の意味は、そのこぼれ落ちたもののなかにこそあるに違いない。しかし、不分明なものを不分明なままに対象化しようとすれば、ある程度の図式化は避けがたいのみならず、図式化することによって新たに見えてくるものもあるはずである。そしていま、われわれは立原の「変様」がひとつの「病ひの形式」から別の「病ひの形式」への移動にすぎないことを見てきた。この形式の移動は、時代の転換期に避けられず詩人を襲う宿命のようなものであり、われわれもまたその宿命からまぬがれているわけではない。立原の「風立ちぬ」論が、詩を書くものにとってつねに新鮮で刺激的なのは、疑いもなくこの宿命のためである。

2

それなら立原のこうした「変様」と「出発」は、その詩にどのような痕跡をとどめているだろうか。さきに述べたように、この「風立ちぬ」が書かれた時期に対応する詩篇は、立原の死後に刊行された詩集『優しき歌』(Ⅱ)だが、現象的にみれば影響はほとんどないといっていい。そこには相変わらず夢のように美しい詩が、音楽的な形式美をもってうたわれている。ただ、詩はいっそう詩らしく、形式はいっそう形式らしい巧緻と洗練を加えていて、そこに完成されすぎたものの、ある脆さとあやうさがあるといえばいえるだろう。ともかくそれは次のような世界である。

しづかな歌よ　ゆるやかに
おまへは　どこから　来て
どこへ　私を過ぎて
消えて　行く？

夕映が一日を終らせよう
と　するときに――
星が　力なく　空にみち
かすかに囁きはじめるときに

そして　高まつて　むせび泣く
絃のやうに　おまへ　優しい歌よ
私のうちの　どこに　住む？

それをどうして　おまへのうちに
私は　かへさう　夜ふかく
明るい闇の　みちるときに？

詩集『優しき歌』は、立原の死後約八年たった昭和二十二年（一九四七）三月、堀辰雄の編集により「飛鳥新書」の一冊として世に出た。収録作品の構成は、昭和十三年（一九三八）夏のおわりに、信濃追分の旅館で立原と同宿し、その制作過程をつぶさに見ていた中村真一郎の記憶に基いている。中村はさまざまな場所でその成立事情を語っているが、それによると、この詩集のモチーフは、ヴェルレーヌの同題の詩集と同じく「いざや夢みん、二人して」であり、従来の「独語」の詩から「対話」の詩への転回を示しているという。

たしかにここにはそれまでの「だれもきいてゐないと知りながら」語りつづけるというモノローグは完全に影をひそめ、新たに「おまへ」という二人称代名詞が登場している。

この二人称の変化の背景には、立原が石本建築事務所に勤めはじめてから知り合い、やがて結婚を決意することになる同僚の水戸部アサイの存在が考えられる。深澤紅子の前掲のエッセイ集には、立原が水戸部アサイを伴って軽井沢へ向かう車中でたまたま深澤に会い、それとなく紹介を求められると、「いや、あれは会社の者だから」と説明をしぶるようすが描かれている。これはおそらく秘めた恋などというものではなく、立原が生まれて初めて現実的な対応関係をもった恋愛を経験しつつあったことを物語っているだろう。彼は「芸術家」の友達の前で、「現実」と「生活」の側に属する恋人の存在を恥じたのである。

その意味で、これは立原における新しい愛のはじまりを、したがって新しい現実のはじまりを告げる詩集だといっていいのだが、果たしてそれがヴェルレーヌにおけるような新生の喜びにみちたものであったかといえば、私は首をかしげざるをえない。それは依然として淡々しく甘美であたたかく、しかしたそがれの「独語」にすぎないのではないか。つまり、それは依然として、現実よりも詩に属していたのではないか。とはいえ、私は立原の愛の真実を疑うものではない。それがこれまでのどの恋愛にもまして「真剣な行為」であったことは、昭和十三年八月十六日付け水戸部アサイ宛て書簡の一節に示されているだろう。

このごろ僕は夢のなかでおまへのかなしさうな顔や、おまへの苦しさうな顔（そんな顔を一度も見たことはないのに、僕にはその顔が夢のなかではつきりと見える）ばかり見るのだ。なにかかはつたことでもあるのだらうか。僕は心配だ。

ここで詩人に苦しい夢を見させているのは、おそらく愛にまつわる不安などではない。この愛が、翌年に予定された結婚に向かって着実に進行していたことは多くの人の証言がある。それまでの詩にあらわれた「あなた」という二人称が「おまへ」に変わったことだけをとりあげてみても、それが立原にとってほとんど最初の「真剣な」愛であったことがわかるだろう。そしてまさにそのことが立原の不安をつくり出したのである。みればわかるように、ここで立原は「（おまへの）そんな（苦しそうな）顔を一度も見たことはないのに、僕にはその顔が夢のなかではつきりと見える」と書いている。いいかえれば、それは夢のなかだからはっきりと見えたのであり、夢のなかでしか見えないものであった。本来なら現実のなかで見るべきものを夢のなかで見、しかもそれを現実に向けて発信するとき、破綻は避けがたかった。逆説的にいえば、立原は現実の生活者たるべく余りにも文学的にすぎ、その恋愛は余りにも「真剣」でありすぎたのである。この恋愛は翌年の立原の死によって突然に中断されてしまうのだが、その永続を信ずることは、その生の永続を信ずること以上に困難であるといわねばならぬ。裸のまま「武装」した戦士に、この世で恋人をもつ資格は、はじめからなかったのである。

同じことは、その詩についてもいえるだろう。「美しい村」が自壊していくなかで「見る」ことの復権を叫び、生の「変様」と「出発」を説いた立原は、みずからはついに何物をも見ることなく、どこへも出ていこうとはしなかった。彼はただ変容しつつある外部の風景を己れの内部の風景と錯視することでこの惨落に耐えようとしたのだが、そこで獲得されたものは要するに、もうひとつの新しい「病ひの形式」にすぎなかった。つまり、この「武装せる戦士」は、ついに思想の衣をまとうことのない徒手空拳の抒情詩人であり、その詩は最後まで裸のままだったのである。それを悲劇と見るか喜劇と見るかは面々のはからいによるだろう。ただ、私はそこに日本の抒情詩人の悲劇を見る。そしてこの悲劇は、手つかずのまま現代にまで引き継がれている。

第五章　風のゆくえ——立原道造の復活

1

昭和十四年（一九三九）三月二十九日午前二時二十分、立原道造は肋膜炎で入院していた中野区江古田の東京市立療養所で、家族にも看取られることなく息を引き取った。享年二十四歳八ヶ月。二十代の夭折者が珍しくなかった近代詩人のなかにあっても、村山槐多の二十二歳五ヶ月、富永太郎の二十四歳六ヶ月に次ぐ異例の早世だった。

立原は生まれつき虚弱な体質で、子供のころから寝込むことが多かった。昭和十二年（一九三七）の夏に徴兵検査を受けたときには、身長五尺七寸（約一・七三メートル）に対して体重が十三貫余（約四八・七キロ）しかなく、「こんな痩せた壮丁は見たことがない」と検査官に笑われて不合格になった。立原の詩を特徴づける手ざわりのやさしさは、こうした蒲柳の質と無関係ではなさそうである。

それでもこの年、昭和十二年の四月から銀座の石本建築事務所に勤め、住宅や病院の設計をするかたわら、物語「鮎の歌」を『文芸』七月号に発表し、私家版詩集『萱草に寄す』を刊行するなど、活発な創作活動をつづけた。夏になるとしばしば追分に出かけ、堀辰雄、三好達治ら『四季』の同人たちと交遊した。それはまさしく「われらが束の間の夏」の日々だった。

しかし、十月初めに発熱して肋膜炎と診断され、以後一ヶ月間の自宅療養を余儀なくされた。この月二十二日、中原中也が鎌倉養生院で没している。十一月十九日、追分の油屋旅館に堀辰雄、野村英夫らと投宿中に油屋が炎上し、着の身着のままで焼け出された。十二月には第二詩集『暁と夕の詩』を四季社から刊行している。このころ立原の人生にはすでに黄昏が迫りつつあったが、詩人としては最盛期を迎えていたといっていい。

昭和十三年(一九三八)に入っても体調は回復せず、微熱と疲労をかかえながら事務所通いをつづけた。数寄屋橋際のマツダビル五階にあった勤務先を「ガラスの牢」と呼んでいる。この夏もしばしば追分に出かけ、再建された油屋に滞在したが、事務所のタイピスト水戸部アサイを同伴することが多かった。立原が真剣に結婚しようと考えた、おそらく唯一の女性である。

この秋、ひとりで東北へ旅行し、山形、上山、仙台、盛岡をめぐり、盛岡では深沢紅子の別荘に一ヶ月ほど滞在した。この間に石川啄木のふるさと渋民村や小岩井農場を訪ねている。このころ立原はおそらく自分の死を予感していた。だから、この旅行はいわば死出の旅の予行演習ともいうべき意味合いを持っていたと思われる。

いったん帰京したあと、十一月末から今度は西南へと旅立った。奈良、京都を巡ったあと舞鶴から山陰路に入り、松江、下関、博多、柳川をへて十二月初めに長崎に到着した。その間ずっと微熱がつづいていたが、五日に高熱を発して倒れ、事務所の同僚、武基雄の父親が経営する武医院に入院した。六日夜半に喀血したあと病状は一進一退を繰り返した。十三日に小康を得て長崎を出発、十五日に東大病院で絶対安静を命じられ、二十六日に東京市立療養所に入所した。以来、水戸部アサイが付き添って献身的な看護をつづけた。

昭和十四年（一九三九）二月、立原の前年度の業績に対して第一回中原中也賞を授与することが決まった。立原は東大建築学科の卒業設計で辰野金吾賞を受けているが、文学関係の受賞はこれが最初で最後である。三月に入ると小康状態がつづいたが、二十八日深夜に病状が急変し、夜明けを待たずに絶命した。戒名は温恭院紫雲道範清信士。墓は谷中の多宝院にある。その墓前で、いまでも毎年、追悼の墓前祭が開かれる。

立原の創作期間は東京府立三中（現在の都立両国高校）在学中の昭和四年（一九二九）から死の前年までの約十年間、詩に限っていえば一高に入学した昭和七年（一九三二）以後のわずか六年間にすぎない。発表媒体は学内の機関誌や同人誌が中心で、公刊された詩集は手製の私家版詩集を含めて三冊だけ。どこから見ても未完成なマイナーポエットだったといわざるをえない。

にもかかわらず、その詩は後続の詩人たちに大きな影響を与えた。その浸透力のつよさは、同時代の中原中也や三好達治に勝るとも劣らないといっていい。直接その謦咳に接した中村真一郎、加藤周一、福永武彦ら「マチネ・ポエティク」の同人はいうまでもなく、たとえば秋谷豊、田中清光、安藤元雄、大岡信といった戦後の詩人たちの初期詩篇に立原の影響の痕跡を見つけ出すのは、それほど難しいことではない。

そしていま、私たちは立原の詩が現代詩に及ぼした影響の大きさを「シベリアの詩人」石原吉郎に代表させてみることができる。

2

昭和二十八年（一九五三）十二月一日、引揚船「興安丸」で十二年ぶりに日本の土を踏んだ石原吉郎は、出迎えた弟の健二に頼んで二冊の本を購入した。堀辰雄の『風立ちぬ』とニーチェの『反時代的考察』である。『風立ちぬ』の初版は昭和十三年（一九三八）四月、石原が東京外語の貿易科を卒業して大阪ガスに入社したころだから、当時リアルタイムで読んでいた可能性がある。ニーチェは、シェストフ、ドストエフスキー、カール・バルトなどと並ぶ出征前の愛読書だった。つまり三十八歳の帰還者は、何よりもまず、戦争と抑留によって奪われた自分の青春を取り戻そうとしたのである。「私の詩歴」（『流動』一九七五年一月号）と題するエッセイのなかで、石原は書いている。

一九五三年冬、舞鶴の引揚収容所で私は二冊の文庫本を手に入れた。その一冊が堀辰雄の『風立ちぬ』であった。これが私にとっての、日本語との「再会」であった。戦前の記憶のままで、私の中に凍結して来た日本語との、まぶしいばかりの再会であった。「おれに日本語がのこっていた……」息づまるような気持で私は、つぎつぎにページを繰った。その巻末に立原道造の解説があった。この解説が、詩への私自身ののめりこみを決定したといっていい。東京に着いた日に、私は文庫本の立原道造詩集を買い求め、その直後から詩を書き始めた。

春秋の筆法をもってすれば、もしそのとき舞鶴の引揚収容所の書店に『風立ちぬ』が置かれていなければ、戦後詩人石原吉郎は誕生しなかったかもしれない。たとえそれがなくても、石原と日本語との「再会」は、いずれどこかで果たされたに違いないが、彼が最初に出会ったのが『風立ちぬ』であり、しかもそこに立原道造の解説が載っていたということが、ここでは決定的に重要である。

そのとき石原を魅了した日本語とは、たとえばこんな一節ではなかったかと思われる。

そんなある日の午後、（それはもう秋近い日だった）私たちはお前の描きかけの絵を画架に立てかけたまま、その白樺の木蔭に寝そべって果物を嚙じっていた。砂のような雲が空をさらさらと流れていた。そのとき不意に風が立った。私たちの頭の上では、木の葉の間からちらっと覗いている藍色が伸びたり縮んだりした。（中略）

風立ちぬ　いざ生きめやも

ふと口を衝いて出たそんな詩句を、私は私に靠れているお前の肩に手をかけながら、口の裡で繰り返していた。

この美しい文章が書かれたとき、日本はすでに盧溝橋事件、南京占領をへて太平洋戦争への急坂を駆け下ろうとしていた。近衛内閣は挙国一致の国民精神総動員令を発し、巷には「愛国行進曲」

が鳴り響いていた。南京占領を描いた石川達三の『生きてゐる兵隊』が発禁処分を受けたのは、この年（一九三八）二月のことである。

しかし、『風立ちぬ』には、そうしたきな臭い時代の影は微塵も感じられない。ここにはただ、「死の影の谷」を歩む若い男女の、ほとんど天上的な愛の日々が、富士見高原の美しい自然を背景に描かれているだけである。石原吉郎が惹かれたのは、その徹底した反時代性と超俗性、いいかえれば文学にしか見出しえない純潔な日本語だったといえるだろう。

周知のように、この作品の題名はヴァレリーの「海辺の墓地」の一節から採られている。原文を素直に読めば「風が立った、さあ生きよう」というものだが、堀辰雄はそれをあえて「風立ちぬ、いざ生きめやも」と古体に訳し、口調のよさもあって人口に膾炙した。ところが、古文の専門家によると、「生きめやも」の「やも」は、「生きられようか、いや生きられまい」という反語的な意味合いが強く、厳密にいえばこれは誤訳らしい。もっとも、その誤訳のほうが、結局長くは生きられなかったヒロインの運命を象徴するのにふさわしい表現だったといえなくもない。

このような錯誤も含めて、それはまさしく石原が「戦前の記憶のままに凍結して来た日本語」にほかならなかった。そしてそれは本のページを繰るたびに、シベリアの氷雪よりも早く融けはじめていたのである。

しかし、それはまだ「日本語」であって、「詩」そのものではなかった。そのとき石原の心をわしづかみにして詩にのめりこませたのは、巻末に収められた立原道造の解説だった。それはたとえばこういう一節だったに違いない。

大きな響きが空に鳴りわたる。出発のように。何のために？　聞くがいい……僕らは今はじめて新しく一歩を踏み出す。《風立ちぬ》としるしたひとつの道を脱け出して。どこへ？　しかしなぜ？　光にみちた美しい午前に。

立原のこの文章は、旧制中学時代から兄事した堀辰雄への愛と別れを感傷的にうたいあげているだけで、およそ作品解説の体を成していない。末尾に置かれたこの引用部分などは、もはや意味を伝える散文ですらなくて、行分けすればそのまま一篇の抒情詩になってしまう。

しかし、帰国したその日から「新しい一歩」を踏み出そうとしていた石原にとって、そこに何が書かれているかは、じつはどうでもよかった。彼はただ、そこに鳴りわたる「出発」の声にうながされて、自分もまた「光にみちた美しい午前」に踏み出そうとしていた。もしそういってよければ、それはさながら出航を告げるドラの音のように、彼の心に鳴り響いたのである。

十二月五日に東京に着いた石原は、ひとまず千代田区竹平町の弟健二宅に身を寄せた。健二は当時中央気象台に勤務しており、住まいはその官舎だった。石原は翌日さっそく靖国神社に参拝した。のちに大岡昇平との対談「極限の死と日常の死」（『終末から』一九七四年六月号）のなかで、家から近かったので行ってみただけだが、「気持はわりに清々しかった」と語っている。

この日、おそらくは神田の書店で角川文庫版『立原道造詩集』を買い求めた。『風立ちぬ』の解説から始まった石原の詩への「のめりこみ」は、この詩集によってとどめを刺された。その数日後、大阪へ帰還したシベリアの抑留仲間、西尾康人に宛てた手紙のなかで、石原は「君にいい本を紹介しよう」とこの書名を記したあとで、こう書いている。《ちょっと不思議な詩だ。日本語でこれほどのニュアンスが出せるとは思えないほどだ。「わかれる昼に」という詩が特にいい》

これで見ると、石原が立原道造の詩に惹かれたのは、何よりもまず表現の新鮮さだったことがわかる。立原は大正三年（一九一四）七月生まれで、大正四年（一九一五）十一月生まれの石原より一年ちょっと年長だが、詩人としてはほぼ同世代に属するといっていい。同じ戦争の時代を生きた人間が、同じ日本語を使って、なぜこれほど微妙なニュアンスを出せるのかと自問したとき、石原はすでに詩という底なし沼に首まで浸かっていたのである。

石原が「特にいい」と西尾に推奨した「わかれる昼に」は、立原の詩集『萱草に寄す』（一九三七）に収載された十篇中の一篇である。

ゆさぶれ　青い梢を
もぎとれ　青い木の実を
ひとよ　昼はとほく澄みわたるので
わたしのかへつて行く故里が　どこかとほくにあるやうだ

何もみな　うつとりと今は親切にしてくれる

追憶よりも淡く　すこしもちがはない静かさで
単調な　浮雲と風のもつれあひも
きのふの私のうたつてゐたままに

弱い心を　投げあげろ
噛みすてた青くさい核（たね）を放るやうに
ゆさぶれ　ゆさぶれ

ひとよ
いろいろのものがやさしく見いるので
唇を噛んで　私は憤ることが出来ないやうだ

青春の旅立ちを感傷的にうたいあげたこの詩は、満洲とシベリアの風雪にさらされてきた石原の心を、青い梢をそよがす風のようにやさしくゆさぶったに違いない。寒い国から帰ってきた自分を、みんなが親切に迎えてくれる。単調な日々の暮らしや風景も「きのふの私」のままに推移していくように感じられる。まわりの人がみんなやさしくしてくれるので、ほんとうは憤ることがたくさんあるはずなのに、いまは唇を噛んで耐えるしかないようだ……。

この詩は石原の詩のエクリチュールに決定的な影響を与えただけでなく、シベリアで体験してきたことについては何ひとつ告発しないという「断念の思想」の起点ともなったということができる。この詩集を読んだ日から、石原は詩を書きはじめた。詩は中学時代から書いていたし、ハバロフスクの収容所でも書いていたから、こちらは「再会」ではなく「再開」である。

帰国後初めての正月を迎えた昭和二十九年（一九五四）一月十八日、石原は川崎の稲田登戸病院に入院していた林秀夫にはがきを出した。林は満洲電電調査局時代の同僚で、抑留を免れて昭和二十二年（一九四七）に帰国したが、その直後から胸を病んで療養していた。新聞の引揚者名簿で石原の帰還を知った林が連絡をとったことから交友が復活していた。林に届いたそのはがきには「風に還る」という一篇の詩が記されていた。これが現在知られている石原の帰国第一作である。

掌（てのひら）を翻（かへ）せ
問ひつめた踵（くびす）をひるがへせ
あゝ 風に
ひるがへれ
いたみやすい
いたましい未来
雲を追ふな
風にさそわれるな
ものしずかに皈（かへ）れ

たけなはな
ひかりのなかを

旧字旧仮名という文字遣いだけをとってみても、この詩はなお濃厚に「戦前」の名残をとどめているが、断言と命令形を多用した簡潔な詩句は、すでに「戦後」詩人石原吉郎のものである。前途には傷みやすく「いたましい未来」が待っているとしても、とにかくなつかしい日本の風に吹かれて「たけなはなひかり」のなかへ踏み出そうとする詩人の決意のようなものが感じられる。「雲を追ふな／風にさそはれるな／ものしずかに皈れ」は、時流にとらわれずに自分らしい生き方をしようという石原の決意を示すものといっていいだろう。

光と風のなかでの出発をうたった詩という意味で立原の前掲詩とよく似ているが、両者の詩風には明らかな相違がある。ひとくちにいえば、立原の詩はどこまでも青くて甘美だが、石原の詩は暗い苦渋に満ちている。

そのことと思い合わせて重要なのは、この詩が「一・一八　伊豆にて」と付記されていることである。石原はそのころ、二週間の予定で静岡県田方郡土肥村（現在の伊豆市土肥）に帰省していた。

石原家は明治の初めから戸長（村長）をつとめた土地の旧家で、曾祖父重兵衛は土肥ビワを西伊豆の特産品にした功労者として知られている。石原は父親の仕事の関係で四歳から東京で育ったが、出征前は折にふれて土肥に帰省していた。ところが、石原の抑留中に両親が相次いで病没したため生家は断絶し、当時は何軒かの親戚があるだけだった。そのうちの一軒に身を寄せた石原は、到着早々思いもよらぬことを告げられた。

一、きみが「赤」でないことをまずはっきりさせてほしい。もし「赤」である場合は、この先つきあうわけにはいかない。

一、現在父も母もいないきみのため「親代り」になってていいが、ただし、物質的な親代りはできない。精神的な親代りにはなってやる。

一、先祖の供養は当然しなければならない。

私は、自分のただ一つの故郷で、劈頭告げられたこれらの言葉に対しその無礼と無理解とを憤る前に、絶望しました。そうでなくても、ひどく他人の言葉に敏感になっており、傷つきやすくなっていた私の気持は、これですっかり暗いものになってしまいました。何度もいいますが、戦争の責任をまがりなりにも身をもって背負ってきたという一抹の誇りのようなものをもってはるばる郷里にやってきた私は、ここでまず〈危険人物〉であるかどうかのテストを受けたわけです。

（「肉親へあてた手紙」）

日本人全員が負うべき戦争責任を一身に引き受けてきたという「一抹の誇り」が親族の心ない言葉によって打ち砕かれたショックは深刻だった。石原はやがて全親族との絶縁を宣言するに至る。その数日後に書かれたこの詩が、西伊豆の「たけなはなひかり」にそむく苦渋の色に覆われているのはむしろ当然というべきだろう。

それでも十日ばかり土肥に逗留した石原は、多くの時間を石原家の菩提寺である清雲寺の墓地で過ごした。清雲寺は鎌倉時代に創建された日蓮宗の古刹で、戦国の世に西伊豆を支配した北条水軍富永氏の菩提寺としても知られている。石原家の墓所は本堂の大屋根越しに駿河湾を望む高台の一等地にあったが、現在は境内の合同慰霊碑に「石原家先祖代々之諸霊位」の文字が刻まれているだけである。墓所を守る人がいなくなったので、寺側がそういう処置をしたものらしい。

ちなみに石原自身の霊位はここにはなく、東京府中市の多磨墓地の一角、信濃町教会の合同慰霊碑に鎮まっている。

二月初めに東京に戻った石原は、大阪の西尾康人に長い手紙を書いた。多田茂治の労作『石原吉郎「昭和」の旅』(作品社、二〇〇〇年)から引く。

> 伊豆へは正月直後出かけて二週間程居たが、酒を飲んだり詩を書いたりして何もしなかった。帰って来てから、結局、詩を書くことより他に何の仕事も残っていないということがだんだん分って来るような気がする。
>
> 教会には猛烈にひかれる。このみじめな、悲惨な混沌(カオス)の、真実の深い責任をこの地上で唯教会だけが一身にひきうけて苦悩しているような気がする。とりわけ、僕の尊敬してやまない福田牧師の影響からは、僕はおそらく一生抜け出ることが出来ないだろう。
>
> 詩と神学――ポエジアとテオロギア。僕の新しい(?)生活のテーマはおそらくこの双つとなるかも知れない。……僕は依然として生きることに積極的な興味を持ち得ないけれど、併し、

それだからといって、決してひねくれようとは思わない。僕はやはり十年前のように新鮮だし、何を見てもびっくりしたり、子供のように喜んだりする。僕にはもう「大人」になるだけの機会も時間もないのかも知れない。

ここに出てくる「福田牧師」こと福田正俊は、石原が出征前に東京神学校受験をめざして上京した際に大阪の姫松教会から転籍した信濃町教会の牧師で、気鋭のバルト神学者でもあった。帰国直後に「日本語」と再会した石原は、同時にまた内なる「教会」とも再会していた。日本語への導き手が立原道造だったとすれば、教会への導き手はこの福田牧師だったのである。

そして二週間足らずの西伊豆滞在中に、石原は自分に残された道は詩と神学――ポエジアとテオロギア以外にないことを確認した。そのとき彼の決断を促したものが《僕にはもう「大人」になるだけの機会も時間もないのかも知れない》という短命の自覚だったことはいうまでもない。

こうして遅れてきた戦後詩人、石原吉郎が誕生した。その詩と生涯について、私は『岸辺のない海　石原吉郎ノート』（未來社、二〇一九年）に書いたので、ここでは繰り返さない。ただ、石原の戦後詩人としての出発を促したのは一冊の『立原道造詩集』であり、立原道造は石原吉郎の詩を通じて戦後に復活したのだということだけはいっておかなければならない。立原の「青い梢」をそよがせたあの風は、いまもなお吹きつづけている。

花神社版あとがき

　ここに収めた文章は、詩誌『詩学』の一九七九年三月号から一九八〇年三月号まで断続的に十回にわたって連載した「抒情の逆説／立原道造ノート」に若干の手を加え、章の構成を整えたものである。初出の際は、月一回の連載ということもあって、引用の繰り返しや論点の重複をいとわなかったが、一冊にまとめるときには、もう少しすっきりしたものにしたいと思っていた。

　しかし、一度書きあげたものにあとから手を入れるのは予想外にむずかしく、また最初に書いたときの気分を大切にしたいという思いがあったので、結果的には明らかな重複部分を調整し、一部の字句を手直しするだけにとどめた。そのために、一冊の本としてはいかにもまとまりのわるいものになってしまったが、いまはこのまま提出しておく以外に方法がない。

　立原道造について少しまとまったものを書いてみようと思い立ったのは、いまから三年ほど前のことである。私は中学時代のはじめに初めて立原の詩を読み、気質的につよく魅かれるものを感じた。二十歳を過ぎてから自分でも詩を書きはじめたが、長らくその呪縛を脱れることができなかった。方法的にはともかく、詩的な情調の面からいえば、私は明らかに立原道造の影響を受けている。少なくとも「四季派の抒情」ということばを蔑称として受けとめるような感覚を、私は持ち合わせていない。

ところが、三十歳をすぎるころから、この関係に微妙な変化が生じはじめた。立原の詩に対して、かつてのような熱い共感をおぼえることが少なくなり、それとともに私自身の詩作への意欲が減退していった。あるいは逆に、詩が書けなくなるのと前後して、立原への共感が色あせていったというべきかもしれない。いずれにしろ、そのふたつはほぼ同時に私を見舞ったのである。

それはあるいは単純な生理の問題にすぎないのかもしれない。人はいつまでも詩の読者であることはできないし、いつまでも詩人であるわけにはいかない。気のきいた人なら、そこでいさぎよく小説家に、あるいは批評家に転身したことだろう。しかし、私には、自分のこの変化を素直に認めたくない気持があった。たとえ詩は書けなくても、詩の読者であることをやめたくはなかった。詩を青春や生理の問題に還元したくなかったからである。

そのためには、もう一度、立原道造に帰ってみる必要があった。立原の詩が何であれ、そこに抒情詩の問題が最も根源的なかたちであらわれていることだけは間違いない。その問題を掘り起こして正当な評価を与えることができれば、あるいは詩の復活も可能かもしれない。ひいては現代における抒情詩の可能性をさぐることもできるだろう。

そう考えては見たものの、作業は遅々として進まなかった。ひとつには自分のなかの立原体験を対象化することが困難だったせいもあるが、最大の障害は時間だった。すでに立原の詩につきあいきれなくなった人間には、生活時間のうちに詩をすべりこませるのはむずかしい。そこで、この作業はもっぱら一日の二十五時間目に行なわれることになったが、生活者の二十五時間目は新しい一日の一時間目でもあった。要するに私はもう詩人ではなくなっていたのである。

こうした隘路を切り拓いてくれたのは、花神社の大久保憲一氏である。大久保氏は忍耐づよく私の作業を見守り、どうしても書き下ろしが不可能だと見てとると、それを『詩学』誌に連載するという妙手を考えてくれた。彼の度重なる慫慂と、『詩学』編集部の温情にあふれた督促がなければ、本書は成立しなかった。記して感謝の意を表したい。

一九八〇年三月二十日　　　　著者

＊本稿の執筆に際し、主として次の諸著に教えられた。末筆ながら列記して謝意を表したい。

立原道造全集（全六巻・角川書店・昭和四十六年）
中村真一郎「立原道造」（『文学の創造』未來社・昭和二十八年）
杉浦明平「立原道造」（『現代日本の作家』未來社・昭和三十一年）
室生犀星『我が愛する詩人の伝記』（中央公論社・昭和三十三年）
大岡信「立原道造論」（『詩人の設計図』ユリイカ・昭和三十三年）
田中清光『立原道造の生涯と作品』（麦書房・昭和四十一年）
小川和佑『立原道造研究』（審美社・昭和四十四年）
大城信栄『立原道造ノオト』（思潮社・昭和四十五年）
日本文学研究資料叢書『中原中也・立原道造』（有精堂・昭和五十三年）

もうひとつのあとがき

現代詩がつまらなくなった。散文を行分けしただけの退屈な詩と、意味も意図も不明な難解詩が増えて、読者の胸にひびく感動的な詩が少なくなった。心ある詩人たちはいま、進むべき道を見失って途方に暮れているように見える。理由はいろいろあるだろうが、そのひとつは現代の詩人たちが近代の詩を読まなくなったところにあると思う。伝統の水脈が涸れたところに、新しい泉が湧き出すはずはないのである。

こういうときは、いったん原点に引き返して、新しく出直すしかない。ほんとうは蒲原有明、薄田泣菫まで返れと言いたいところだが、いまさら文語定型詩でもないだろうという人は、せめて中原中也、立原道造の線までは引き返してもらいたい。現代の口語自由詩は、明らかにこのあたりから始まっているからだ。本書は私自身がその原点に立ち返ろうとして足掻いた悪戦の形見である。

初版のあとがきにも記したように、本書は一九七九年から八〇年にかけて月刊詩誌『詩学』に連載したあと、多少の手を加えて、八〇年五月に花神社から刊行された。当時、私は三十代の後半で、読売新聞社に勤めていた。新聞記者の勤務時間はあってないようなものだが、私はそのうえに労働組合の役員を兼ねていたので、定時に帰宅できる日は少なかった。だから自分の原稿の執筆時間はどうしても深夜を過ぎることになり、そのまま朝を迎えることも珍しくなかった。こうして睡魔とたたかいながら書き上げた原稿のことを、私は自嘲をこめて「二十五時間目の仕事」と呼んでいた。本書だけではない。評論集『歌と禁欲』（一九八一年、国文社）、『詩のある風景』（一九八一年、未來社）、『詩人の妻―高村智恵子ノート』（一九八三年、未來社）など、この時期に書いた本はすべてこの「二十五時間目の仕事」である。

本書は長らく絶版状態になっていたが、このたび未來社のご厚意により「転換期を読む」シリーズの一冊に加えていただくことになった。もともと締切に追われながら書いた原稿なので、あちこちに不備や粗漏が目につくが、いまになって下手に手をつけると、「二十五時間目の仕事」がもっていた「火事場の馬鹿力」ともいうべき文章の勢いが殺がれるような気がして、今回もまた最小限の字句の修正にとどめた。そのかわり、立原道造の詩がシベリア帰りの詩人石原吉郎をよみがえらせた顚末を第五章「風のゆくえ」として書き下ろした。

『詩学』の故嵯峨信之氏、花神社の大久保憲一氏、そして未來社の西谷能英氏、この三氏の理解と温情がなければ、本書は成立しなかった。ここに記して感謝の意を表したい。

二〇二二年三月

郷原　宏

［解説］「日付のある歌」と「日付のない歌」

細見和之

　立原道造というと、私は一九九八年に亡くなった野村修のことを思わずにいられない。野村修は私にとっては父親世代に相当する、かけがえのないベンヤミン研究者、ブレヒト研究者だったが、同時に詩人でもあった。政治的には左翼というよりは新左翼的な立場にいて、長らく京都大学でドイツ語を教え、学園闘争の時代には「造反教員」の代表のような存在だった。とはいえ、本人はいたって穏やかというか、むしろひどく物静かなひとだった。その野村修の第一詩集の作品が二〇〇〇年になって刊行された『野村修先生遺稿集「まだ手探りしている天使」への手紙』（谷悦子・鵜野祐介編、非売品）に、奥さんの野村いく子さんの手によって復刻されている。収録されているのはたとえばこんな作品である。

夕空にならびたついてふの梢が　ゆきかふひとの
棄ててゆく　かりそめのほほえみをふちどり
葉蔭にはひとり　仄かにうるむ灯がともり
忘れられたほほえみの内部をあたためる　――その

まはりには　やさしくすべてをつつみながら
靄にけむつて　いつかくらがりがしのびよつてゐる
あれは誰もの去つたのちに　ほほえみの着る
衣装かもしれぬ　それは大きくなるのだから

しかし　ひとたちはどこへいつたのだらう
ひとはせはしく　ほほえみを残していつてしまふ
いまはもう誰もゐない　ほほえんだひとさへゐはしない……

思ひなしか　物いはぬこのひろやかなほほえみのそと
抑へられ　わずかに洩れる涙にまがひ
風が運ぶのかしら　ふとかすかなせせらぎの音——

脚韻を踏むマチネ・ポエティクの手法がくわえられているとはいえ、ダッシュ、三点リーダーの使用までふくめて、一読明らかに、この作品はきわめて立原道造的である。しかも、たまたまこの一篇がそうだというのではなく、収録されている二四篇の作品すべてがこの体裁なのである。タイトルは「ゆふぐれのソネット／及び花のソネット／未知の少女へのソネットを添へて」（スラッシュは改行箇所）。発行年はローマ数字表記で「MCMLII」つまり一九五二年とある。タイトルもまたきわめて立原道造的ではないか。

野村修は元来リルケの研究を志していた。それで野村は、旧制の第一高校出身であるにもかかわらず、東京大学に進学するのではなく、大山定一のもとでリルケを学ぶために、わざわざ京都大学に入学したのである。野村いく子さんによる「あとがきにかえて」には、こう記されている。

亡夫、野村修は、生涯「ぼくは詩人だ」と言っておりましたが、「ゆふぐれのソネット」は彼の処女詩集でございます。この内容は、彼が旧第二東京市立中学（現都立上野高校）からの友人たちとの友情の中で、その後、一高・京大時代を通して京都—東京間を十八時間かけて往復しながら過ごした青春時代の思いが込められています。

実際、後半に収録されている何篇かの詩の末尾には、「＊＊＊に」という形で、当時の友人らしき男性たちの名前が記されている。おそらく、本書で著者が記している観念としての「美しい村」のような世界が若い野村修とその友人のあいだにも存在していたに違いないのだ。私自身は、生前の野村修から、六〇年安保で左傾してね、というような言葉を聞いたことがある。

とはいえ、六〇年安保で左傾して、以後は反体制的知識人の代表のひとりのようになってゆく野村修も、第一詩集の段階では立原道造ばりの詩を書いていたのだ、というような単純な理解には落ち着かないところがあるのだ。私が野村修に親しく接したのは一九九〇年過ぎからで、京都大学へ非常勤で出かけたおりに、研究室を訪ねるようになったのである。私が第一詩集をお渡ししたお返しに、二冊の小さな詩集をいただいた。ひとつは「日付のある歌」と題されていて、一九六〇年前後からの、三井三池の労働争議の現場からの作品などが収められていたが、もう一冊は「日付のない歌」と題されていて、さきに紹介した作品と同様のものが収められていた。つまり、野村修は第一詩集『ゆふぐれのソネット』以降も同様の作品を綴っていたのである（ただし、私はいま書架にその肝心の二冊を見つけられないでいる。「日付のある歌」と「日付のない歌」はそれぞれ「日付のある詩」、「日付のない詩」であったかもしれない）。

本書の冒頭で著者は印象深くこう記している。

> 人と詩との出会いには、どこか交通事故に似たところがある。それはある日突然にやってきてわれわれの魂に衝突し、その後の詩と人生に決定的な影響を与える。この影響のはげしさにくらべれば、いわゆる人生経験や知識は物の数ではない。（本書、五頁。以下も本書よりで、頁数のみを記す）

野村修は一九三〇年生まれなので、一九四二年生まれの著者よりもひとまわり上の世代に相当しているが、おそらく野村修にも同様の「交通事故」のような立原道造との出会いがあったのに違いないのだ。そしてそれは確かに「その後の詩と人生に決定的な影響を与え」たのだ。問題は、野村修が「日付のある歌」とともに「日付のない歌」を必要としていたこと、あるいは「日付のある歌」とともに「日付のない歌」を書くことができたこと、それを書かねばならなかったことである。

野村自身がその点をどれだけ深く考えていたかは分からない。少なくとも、書き残されたものにその点にふれたものは見あたらないように思われる。

それにしても、「日付のある歌」と「日付のない歌」という野村修の二分法は、立原道造についてあらためて考える際にも貴重な視座を提供してくれるのではないだろうか。著者の捉える立原道造はまさしくこの二分法を覆す、やっかいな存在だからである。すなわち、著者によれば、立原の「日付のない歌」はそれがまさしく「日付のない歌」であることによって「日付のある歌」――戦争の狭間に置かれていた世代の歌――であった、ということになるからである。おそらくこの問題が解かれないかぎり、立原道造という存在は、ひいては日本の抒情詩の問題は解き得ないのではないか。

著者は立原道造の『萱草に寄す』に収録されている「のちのおもひに」を繰り返し参照してこう述べている。

これは立原の生涯をつうじての代表作であるばかりでなく、日本の抒情詩の最高傑作であるといってよいと思う。青春の故のない寂寥感をこれほど見事に定着した詩は他に例がない。そして立原以後四十年に及ぶ現代詩史は、まだこれを越える作品を生み出してはいない。(一三一頁)

アカデミックな研究者の立場からはとうてい記すことのできない、このようなきっぱりとした断定口調が随所に見られることも、本書の大きな魅力である。そして、さきの議論を引き継げば、立原の「日付のない歌」をそのまま「日付のない歌」として受け取ってきたところにも、以後の日本語の詩史が「まだこれを越える作品を生み出してはいない」理由の一端があるのではないか。立原の「日付のない歌」こそが「日付のある歌」であったという逆説、あるいは、「日付のある歌」としてこそ純粋で透明な「日付のない歌」を立原は書き得たという逆説である。そしてまた、一見「日付のない歌」が「日付のある歌」であったからこそ、立原の日本浪曼派への接近も可能となったといえるのだ。

とはいえ、そういう地点から、私たち自身は自らの「日付のある歌」と「日付のない歌」をどうすればよいのか、という肝心の問題は残る。というか、むしろここから問題ははじまるのである。著者が本書で試みたのは、ともあれ立原道造まで立ち返るという方向であって、その際、おおよそ二つの戦略が取られている。ひとつは『萱草に寄す』以前に遡って立原道造のいわば生成を詳しく探索するという方向であり、もうひとつは、石川啄木、中原中也という同時代の詩人、表現者と対照させるという方向である。

立原道造の詩が『萱草に寄す』からはじまるのではないということ、考えてみればこの当然の事実から、著者はしかし立原の詩の生成の機微をじつに丁寧にたどっている。大きくは、啄木を模倣した三行の分かち書きの短歌からはじまって、一行の口語自由律の短歌、さらに四行詩へという展開となるが、とくに一行の口語自由律の自作短歌をほぼそのまま四行詩へと書き換えることで立原独自の「詩」が生成するさまを指摘する著者の手際は見事である。著者はそこでこう述べている。

立原道造はここで一行の口語自由律短歌を四行の詩に改作したのではなく、本来詩でしかありえないものを一行の短歌におしこめ、のちにそれに気づいて改めて四行の詩に仕立て直したのだ。そう考えるのでなければ、これだけつまらない短歌を書いていた人間が、短時日のうちにすぐれた抒情詩人に変身したことの意味はわからない。（八六頁）

これは本文（八〇—八一頁）で確認していただければすぐに納得していただけることだと思うが、元の一行の短歌とのちの四行の「詩」を並べて読むと、確かにまるで手品のように「詩」がそこに生成していることが分かるのだ。

あるいは、そもそも啄木と道造という、事後的にはいかにも異質に見える表現者がどのように交錯していたかをたぐる第一章の粘り強い記述もまた貴重だ。結論的に著者は両者の関係をこう記している。

詩人〔立原〕はふるさとを失ってみせるために、失うべきふるさとをことばによってつくりださねばならないのであり、こうしてつくりだされたふるさとは永久に失われつづけるほかはないのである。したがって、もし石川啄木を望郷の詩人と呼ぶならば、立原道造は「望郷」への望郷をうたいつづけた詩人ということになるだろう。（六三頁）

いささか皮肉な捉え方に見えるかもしれないが、けっしてそうではなく、立原が立原であった必然性が確認されているのである。

本書の中心部分は、一九八〇年前後の時点で、日本の抒情詩の問題を根本から問い直そうとしたものだ。今回の復刻に際して、第五章が新たに追加されているが、「もうひとつのあとがき」によれば、それ以前の章においては最初の刊行時のものへの修正は「最小限の字句の修正」にとどめてある、とのことである。自ら優れた詩を書いてきた著者が、一九八〇年前後に、立原道造にまで立ち返ることによって、日本の抒情詩を根本的に問い直そうとしていた事実に、私はあらためて深く引き寄せられる。

私自身はまさしく一九八〇年に大学に入った世代で、八〇年代に日本語で書かれた詩を読み、その影響下で詩を書きはじめた身である。具体的には、平出隆、松浦寿輝、藤井貞和、長田弘、金時鐘といった世代の異なるひとびとの詩である。『胡桃の戦意のために』(平出隆、一九八二年)、『冬の本』(松浦寿輝、一九八七年)、『ピューリファイ!』(藤井貞和、一九八四年)、『深呼吸の必要』(長田弘、一九八四年)、『光州詩片』(金時鐘、一九八三年)、と、私が愛読してきた詩集はすべて一九八〇年代に刊行されている。とはいえ、金時鐘を除くと私が具体的に批評として展開できた詩人はいない。いまにしてどうしてだろうと思う。八〇年代の「日付のある歌」と「日付のない歌」、その関係……。

六〇年代詩論、七〇年代詩論というのは存在しても、八〇年代詩論というのはまだ見あたらない印象もある。詩の拡散が抜き差しならない激しさでそのときからはじまっていたということかもしれない。だとすると、本書が「転換期を読む」シリーズの一冊として復刊されるのは、その意味でもまことにふさわしいことだ。

〔著者略歴〕
郷原宏（ごうはら・ひろし）
詩人・文芸評論家
1942 年、島根県出雲市生まれ。早稲田大学政治経済学部新聞学科卒。元読売新聞記者。詩誌『長帽子』同人。1974 年、詩集『カナンまで』でＨ氏賞受賞。1983 年、評論『詩人の妻――高村智恵子ノート』でサントリー学芸賞受賞。2006 年『松本清張事典決定版』で日本推理作家協会賞（評論部門）を受賞。その他の著書に『歌と禁欲』『詩のある風景』『清張とその時代』『物語日本推理小説史』『日本推理小説論争史』『乱歩と清張』『胡堂と啄木』『岸辺のない海　石原吉郎ノート』など多数。

[転換期を読む 30]
［新版］立原道造――抒情の逆説

2022年4月5日　初版第一刷発行

本体2400円＋税――定価

郷原 宏――著者

西谷能英――発行者

株式会社　未來社――発行所

東京都世田谷区船橋1－18－9
振替 00170-3-87385
電話(03)6432-6281
http://www.miraisha.co.jp/
Email:info@miraisha.co.jp

萩原印刷――印刷・製本

ISBN 978-4-624-93450-7 C0392

岸辺のない海　石原吉郎ノート
郷原　宏著

極寒の地シベリアに八年にわたって抑留され、苛酷な労働と非人間的な強制収容所生活で人間のぎりぎりの本質を見とどけて帰還した石原吉郎をめぐる力作評伝。石原論の決定版。

三八〇〇円

詩人の妻
郷原　宏著

〔高村智恵子ノート〕高村光太郎の妻にして『智恵子抄』のヒロインである智恵子をひとりの女として捉える視点から、二人の関係史を中心にその生涯を追跡する迫真の長篇評伝。

【サントリー学芸賞受賞】

二八〇〇円

日本詞華集
西郷信綱・廣末保・安東次男編

記紀、万葉の古代から近現代に至るまでの秀作を収録。各分野で第一線を走った編者三名の独自の斬新な詩史観が織りなす傑作アンソロジー。西郷氏による復刊「あとがき」を収録。

六八〇〇円

蒲原有明詩抄
蒲原有明著／郷原　宏＝解説

日本近代詩の立役者のひとりとして、その詩風は官能美と独自の律動感にあふれたもので、近年あらためて再評価が著しい。自選アンソロジーの作品を詩集発表時の初稿に復元する。

二五〇〇円

言語隠喩論
野沢啓著

さまざまな哲学的・思想的知見を渉猟しつつ、著者が詩を書くという実践をとおして言語の創造的本質である隠喩性を明らかにする。誰も試みたことのない詩人による実践的言語論。

二八〇〇円

〔消費税別〕